U0931438

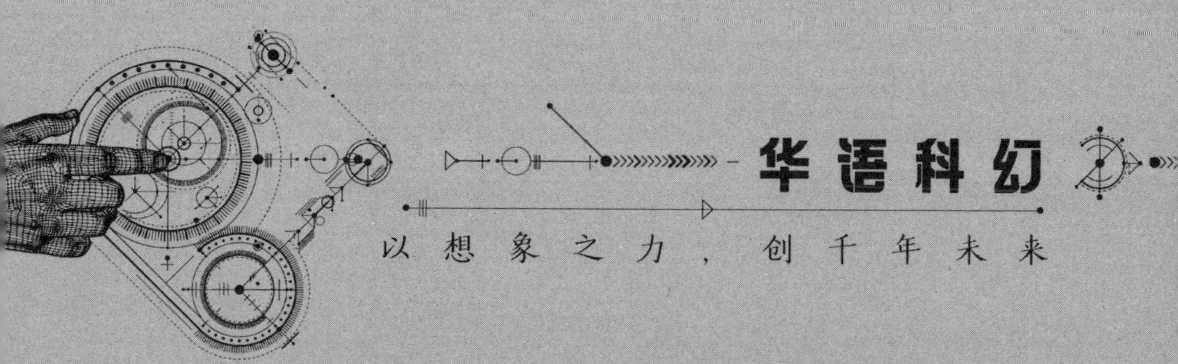
华语科幻
以想象之力，创千年未来

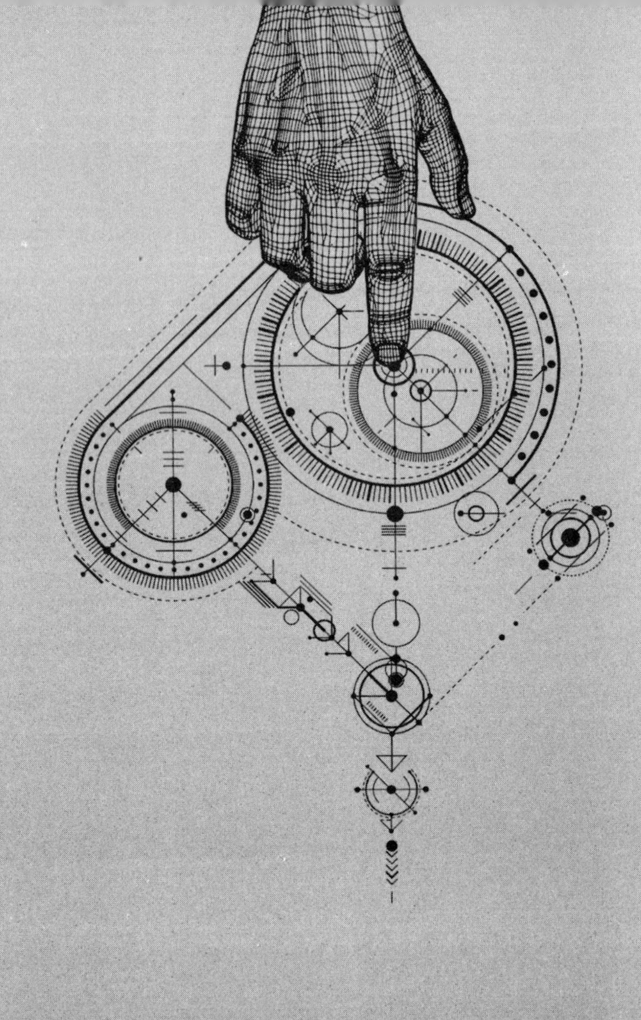

金涛科幻精品系列

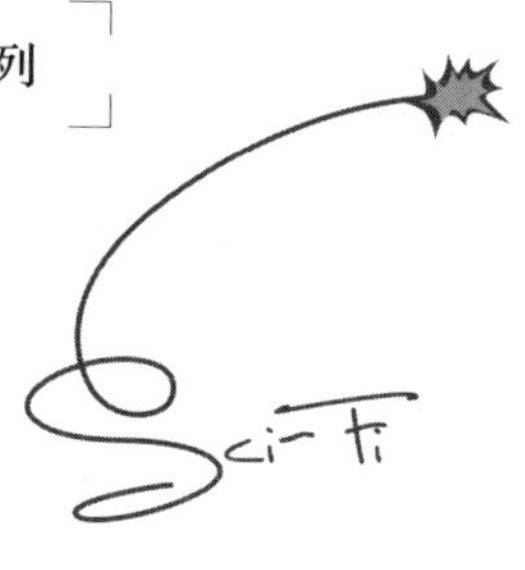

机器人“大脑袋”的传奇

金 涛——著

科学普及出版社
·北 京·

图书在版编目（CIP）数据

金涛科幻精品系列．机器人“大脑袋”的传奇 / 金涛著．-- 北京：科学普及出版社，2024.1
（百年科幻）
ISBN 978-7-110-10618-1

Ⅰ．①金…　Ⅱ．①金…　Ⅲ．①幻想小说－小说集－中国－当代　Ⅳ．①I247.7

中国国家版本馆 CIP 数据核字（2023）第 084520 号

策划编辑　曹　璐　王卫英
责任编辑　王卫英
封面设计　书香文雅
正文设计　书香文雅
责任校对　吕传新　张晓莉
责任印制　徐　飞

出　　版　科学普及出版社
发　　行　中国科学技术出版社有限公司发行部
地　　址　北京市海淀区中关村南大街 16 号
邮　　编　100081
发行电话　010-62173865
传　　真　010-62173081
网　　址　http://www.cspbooks.com.cn

开　　本　720mm × 1000mm　1/16
字　　数　819 千字
印　　张　57
版　　次　2024 年 1 月第 1 版
印　　次　2024 年 1 月第 1 次印刷
印　　刷　天津泰宇印务有限公司
书　　号　ISBN 978-7-110-10618-1 / I · 665
定　　价　180.00 元（全 6 册）

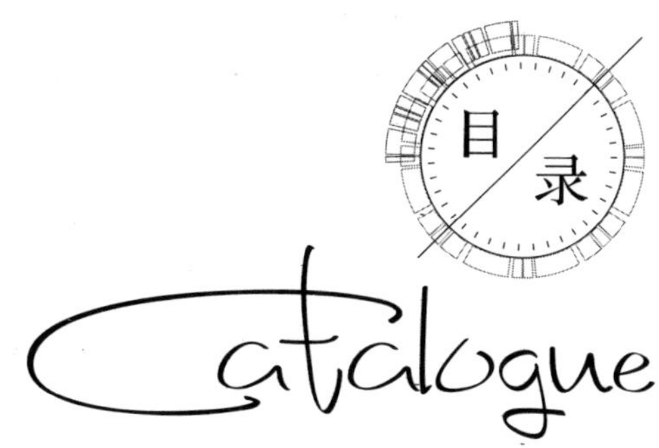
目
录
Catalogue

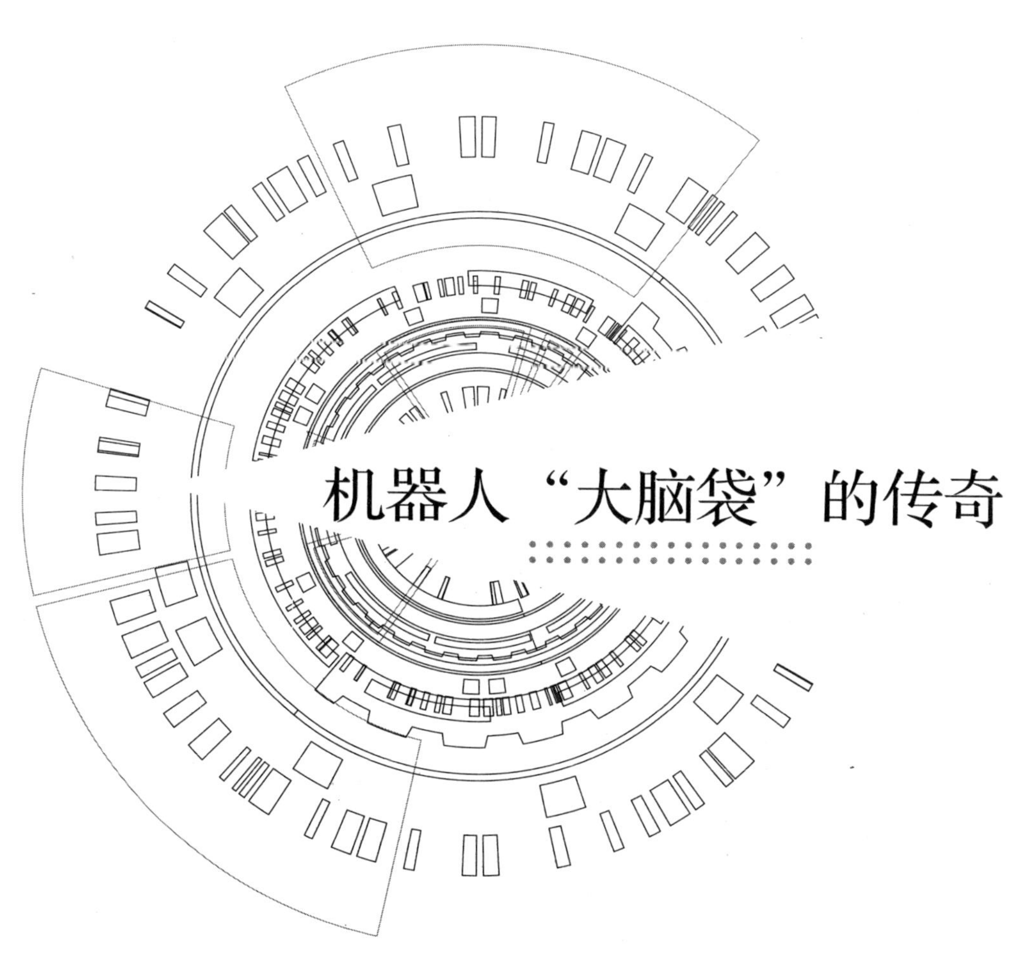

机器人“大脑袋”的传奇

一　失踪的机器人

1

机器人制造公司的刘经理不停地用手帕擦着脑门上的汗水，说话也不像平时那样利索。尽管刑警队长的办公室开着半扇窗，冷飕飕的，他仍然觉得燥热难忍。

“你慢慢讲，到底发生了什么事？”刑警队长李力刚把一杯饮料推到他面前。

“谢谢！是这么一桩倒霉的事，”刘经理仰起脖子将杯里的饮料一口饮干，“完全是因为野蛮装卸，否则是不会发生的。在我们公司历史上，从来没有出过这样的纰漏……”

李力刚耐着性子听着，从刘经理语无伦次的叙述中，渐渐理出了一点儿头绪。

机器人制造公司生产的三台智能机器人，从装配车间运往火车站时，由于装卸工人粗心大意，在车站的月台上把其中一台机器人的包装箱摔散了架。天黑下来了，那几个年轻的装卸工手忙脚乱地收拾散在地上的包装箱，然后把倒在地上的机器人抬起来。岂料忙乱之中，他们的手触摸到了机器人的启动开关——那是机器人头部一个敏感的按钮。说时迟，那时快，那台没有知觉、处于关机状态的机器人，突然像人恢复了生命一样，腾地从地上跳起来，用力推倒了身边的装卸工，从月台跳过铁轨。一晃眼工夫，机器人已经到了厂对面另一条铁轨的站台。这时，恰巧有一列货车风驰电掣地经过车站。装卸工们从地上爬起，惊恐万状地看着飞驰的货车一闪而过。当最后一节车厢从他们的视线里消失时，机器人连个影子也不见了……

刑警队长问：“这是什么时候的事？”

“四个小时以前。我是听到信儿立刻来报案的……”刘经理又用手帕揩着冒汗的脑门。

刑警队长看了看墙上的电子钟，快十一点了。窗外，朦胧的夜幕中闪烁着万家灯火，隐约传来各种车辆的喧闹声。他想起妻子和小女儿，她们也许正眼巴巴地盼他回家。但他知道，等待他的又是个紧张的不眠之夜了。

“机器人有什么特征？身高、体重……”刑警队长从座椅上站起来问道。

“有，有，这是机器人的照片和详细说明书。”刘经理从皮包中取出一叠资料，放在刑警队长的桌上。

李力刚俯下身，迅速翻开有关机器人的资料。当他的目光停在那张机器人的全身照片上时，他不禁惊叫一声：“怎么，是个男孩？”

刘经理此刻的反应似乎像听见买主夸耀他的产品，有点飘飘然。他立刻笑眯眯地答道：“一点儿不错！这是本公司最新推出的产品，以前那种笨拙的机器人根本无法和它相比。它具有真人一样的外观，还有真人一样的感情。它聪明，而且品质高尚。你别看它脑袋大些，这正是智能高的象征。这种机器人最适合给独生子女做伴。独生子女最欠缺的就是童年的伴侣，这对他们的性格、心态甚至智力都会造成不良影响。所以，每个关心子女的家长都应该购买本公司的最新产品……”

“你有完没完？”刑警队长狠狠地瞪了他一眼，吼了起来。他拿起话筒，拨通了电话：“喂，铁路局保卫处吗？请火速通知沿线各站，查找一个失踪的机器人……”

2

春节前夕，边境小镇通海的城南公园热闹极了。松枝搭起的牌楼红灯高悬，彩旗飘扬，连湖边的树枝上也挂起一长串五颜六色的灯泡，像是女孩脖子上的项链。草地上搭起蒙古包似的帐幕，四周用布帘遮得严严实实，那是马戏团表演的地方。公园的大道两旁，有耍猴子的，有打气枪的，有玩电子游戏机的，有捏面人的，还有卖各种风味小吃的……到处是人，到处是欢声笑语。许多孩子是随着爸爸妈妈一起来的，他们打扮得漂漂亮亮，脸蛋儿通红通红，在人群中像小泥鳅似的挤来挤去。

在公园大门旁边，却有一个小女孩孤零零地坐在马路边上。她约莫八九岁，两只短短的辫子只是用橡皮筋扎着，不像别的女孩扎着美丽的蝴蝶结。她两手托着下巴颏儿，一双水汪汪的大眼睛流露出羡慕而又失望的表情。因为许多父亲和母亲领着和她一样年龄的孩子从她的身旁进公园去了，而她只能坐在外面听公园中欢快的乐曲和阵阵撩人的喧闹声。她是多么希望到公园里玩耍啊……

“喂，你愿意进去玩吗？”不知什么时候，小女孩身旁坐下了一个和她年龄相仿的男孩。

小女孩眨巴眨巴眼睛，歪着头端详身旁的男孩。好奇怪，我怎么从来没见过这样的男孩？他的脑袋怪怪的，好像特别大，一双大眼睛仿佛能看透别人的心思。

“你是……谁？”莉莉小声问。

男孩冲她笑笑：“我都看了你老半天了，你怎么老坐在这儿？在等谁呀？”

莉莉摇摇头，两眼望着脚下一双沾满泥巴的皮鞋。

男孩用胳臂肘推了推莉莉，拿出两张公园的门票：“你瞧，我都给你买了票，一块儿进去玩吧……”

莉莉顿时高兴起来，但转念一想，又嘀咕起来：“我还不知道你是谁……”

“别人都叫我‘大脑袋’，你就这样叫我吧。”男孩一挥手说。

“大脑袋，”莉莉说着笑了起来，“谁叫这么个名字呀……”

几分钟后，莉莉和大脑袋进了公园，挤进了熙熙攘攘的人流。好玩的地方太多，莉莉东张西望，目不暇接，不知道究竟玩什么才好。这时，远处传来的一阵哄笑声吸引了他们，大脑袋拉着莉莉的手，快步跑了过去。

那里的空地上，放着许多花花绿绿的玩具，有一头玩具熊猫，还有电动火车、铁皮汽车、一盒盒糖果以及文具盒什么的。游人从一个年轻的小伙子那里买上圆圆的藤圈，然后站在很远的地方把藤圈扔过去，如果藤圈不偏不斜地套中了什么东西，那就是中彩了，那件东西就归你所有。

“喂，快来套圈呀，一块钱五个圈，头彩一个大熊猫，看谁的运气好，快来玩呀……”小伙子手里转动着一串藤圈，高声吆喝道。

好几个小孩子花了钱，扔了好些藤圈，却都没有套中，那些藤圈不是飞得老远，就是差那么一点儿，老也套不上那诱人的玩具。

“莉莉，你想要那个大熊猫吗？”大脑袋挤上前，问道。

莉莉下意识地噙着右手的手指头，摇了摇头，但她的一双大眼睛却盯着远处那只眼睛很黑而肚皮雪白的大熊猫。半晌，她才说：“我……我没有钱……”

“嘿，我这儿有呀！”大脑袋从上衣的口袋里掏出了两张折得皱巴巴的钞票，向小伙子扬了扬，“来，我试试——”

从小伙子手里接过十个藤圈，大脑袋高兴地拉着莉莉，把所有的藤圈都放在她手里。“记住，用力扔过去……”他叮咛道。

可是，莉莉的运气不好，尽管她使出了全身力气，却连扔七个藤圈都没有命中目标。现在，她手里只剩下最后三个藤圈了。

大脑袋站在一旁再也忍不住了，他从莉莉手里夺过剩下的藤圈：“瞧，看我的——”说罢，他挺直腰板，把右手抬了起来，手里拎着一只藤圈。

“你要什么？”他轻声问莉莉。

“熊猫——”

莉莉的话刚说出口，大脑袋手起圈落，就像百步穿杨的神射手一样，藤圈嗖的一下，不偏不倚正好套在熊猫的脑壳上。

人群中顿时爆发一阵喝彩声。那个摆摊的小伙子无可奈何地抱起大熊猫，交给了大脑袋。

大脑袋把大熊猫给了莉莉，接着又问：“你还要什么？”

莉莉有了熊猫，心里乐开了花，别的什么也看不上眼了。可是她不好辜负大脑袋的心意，随口答道：“那个电动火车……”

也怪，就像一道指令，大脑袋手起圈落，又套中了电动火车。这时候，里三层外三层围着的人们齐声叫好：“喂，再来一个！”

那个摆摊的小伙子脸唰地白了，他很不情愿地把电动火车给了大脑袋，突然转过身，把地上所有的玩具统统拾掇起来，放进一个大旅行袋。他气急败坏地嚷道：“不玩了，不玩了！”一溜烟地跑了。

“嘿，这个家伙耍赖！”人们哄笑起来。

大脑袋和莉莉也笑了。“喂，还有一个圈儿呢……”大脑袋一边嚷一边把手里的藤圈朝人群扔去，恰好套中了那个飞跑的小伙子的脑袋。

“嘿，真是好功夫呀！”有人赞许道。

“这小家伙莫不是有特异功能？怎么那么准？”也有人感到纳闷。

当人们仍在议论纷纷时，大脑袋和莉莉已经走出了公园。

“莉莉，你干吗要走呀？”

大脑袋发现，莉莉低着头，眼眶里含着泪，好像有满腹心事。

莉莉告诉他，她的爸爸叫刘仲林，是个核物理工程师。前几天，他开着小汽车到研究所上班，突然一辆大卡车从公路边的小树林里冲了出来，小汽车被撞了个底朝天。她爸爸受了重伤，正在省城医院抢救。

“妈妈也到医院去了，把我交给了邻居家的老奶奶。”莉莉抹着眼泪说，“我想爸爸，也想妈妈，所以我就一个人偷偷跑出来了，我要去看爸爸……”

大脑袋一边哄着莉莉，一边问：“你去过省城吗？”

莉莉从口袋里摸出一张小纸片：“妈妈都写在这儿了，她说如果有人来找，就告诉他这个地址。”

大脑袋瞅了一眼小纸片，“哦”了一声：“明白了，咱们到火车站去，马上有一班火车开往省城……”说罢，忙拉着莉莉跳上了开来的一辆公共汽车。

3

已经三天三夜了，头上缠满绷带的刘仲林一直昏迷不醒。

他躺在省城最好的医院的特别护理病房里。

出事当天，公安局刑警队根据现场调查，认定这不是普通的交通事故，而是一场有预谋的犯罪。罪犯蓄意制造了一场车祸，企图害死刘仲林。

那天黎明时分，公路上几乎没有人，肇事的大卡车将刘仲林的小汽车撞翻后立即逃之夭夭，没有留下明显的痕迹，给破案带来极大困难。因此，唯一的希望就在刘仲林身上。如果能救活他，使他神志恢复清醒，也许能够提供侦破案情的线索。

但是刘仲林的大脑受了严重创伤后产生淤血，尽管采取了紧急抢救措施，仍一直昏迷不醒。他的妻子肖芳俯在耳旁不停地唤他，他也毫无知觉。

刑警队长李力刚双手抱臂站在床前，皱着眉头望着脸色憔悴的肖芳，问道：“老刘那天上班为什么那么早呢？平时他也是这个时间上班吗？”

肖芳啜泣着，点点头：“这一个多月，他天天都是很早就上班，每天都从早到晚在实验室，很晚才回家……”

刑警队长“哦”了一声：“你是否感觉到他有什么反常呢？我是说，他的情绪、脾气，是不是和往常有些什么不同？”

肖芳想了想，说：“对了，出事头一天晚上，我和他谈起准备过春节的打算。那天下午我上街买了一些年货。我好心好意地打开冰箱，告诉他买了些什么。当我拿起一个天马牌罐装饮料时，他突然像被蝎子蜇了似的跳起来说：‘你……你干吗买这个，快扔掉……’我吓了一跳，问他为什么，他什么也没讲，气鼓鼓地回他的书房去了……”

“天马牌饮料？易拉罐的那种吗？”

肖芳点点头。“到现在，我也闹不清楚他为什么反对我买这种牌子的饮料。”她自言自语道，“他平时对吃东西很随便的，从来不挑剔。”

李力刚对肖芳提供的这个细节产生了疑问。天马牌饮料，易拉罐的，目前市面上最流行的国产可乐，他自己就很喜欢。为什么刘仲林偏偏反感呢？他知道，刘仲林是个出色的核物理工程师，近几年研究的课题属于环境保护方面，目的是防止生态环境的核污染。研究所为他配备了一辆专车，使他能方便地到各地采集样品，进行化验分析。但是这和天马牌饮料有什么关系呢？而且，是谁在暗中策划了这场车祸呢？

刑警队长带着满腹疑团准备离去时，病房的门推开了，一个女护士伸过头来，冲着肖芳说：“你的电话……”

肖芳和刑警队长一同走进护士值班室。肖芳拿起话筒，听着听着，突然号啕大哭起来。

“发生了什么事？”李力刚从肖芳手里抢过话筒，听见一个老太太气急败坏的声音：“莉莉……她……她失踪了……”

电话是肖芳的邻居老太太打来的。肖芳经受不住接二连三的打击，昏过去了。在这时，刑警队长的随身报话机中传来紧急情报：在通海镇火车站发现了机器人的踪迹。

李力刚把肖芳交给医生，立即驱车赶往通海镇。“这件无头公案，总算有了一点线索。”他暗暗想道。

刘仲林的车祸和天马牌饮料究竟有什么关系？莉莉又发生了什么事情？

4

大脑袋和莉莉在边境小镇的火车站上遇到了一点小小的麻烦。

春节前夕，坐火车的旅客特别多。偌大的候车室和站前广场，到处是熙熙攘攘拎着大包小包的旅客。为了保障运输安全，广播喇叭不停地播放“不许携带易燃易爆物品上车”的通知。不仅如此，在进站入口处，还安装了电子监测仪器，对每个旅客和随身携带的行李进行严密的检查。

大脑袋和莉莉在车站售票处就险些闹出笑话，因为他俩排着队快轮到买票时，才发现两人的口袋里只有一块钱，这是莉莉的妈妈给她留下来的，可是一块钱怎么够买两张票呢？

两人面面相觑，一时不知如何是好。

大脑袋的眼睛四下张望，忽然发现车站广场的角落里有个卖春节运动会彩票的横幅。“有了，你站在这儿别动，我马上就来……”他叮嘱莉莉，把仅有的一块钱拿走了。

“你快去快来……”莉莉怀抱着大熊猫和电动火车，乖乖地站在人堆里，心里很不安。她生怕再也见不着大脑袋了。

大脑袋像泥鳅一样钻进人群，很快就到了出售彩票的摊点。那里围着许多人，但买彩票的人并不多，因为中彩的机会实在太少。

“我买一张！”大脑袋把手中的一块钱递过去。那个卖彩票的妇女说：“喏，你试试运气吧……”她用手指着面前的小桌，桌上放着一堆摊开的小纸片。

围观的一个年轻小伙子说：“白扔钱，我买了10块钱，一张都没有中……”

“说不定里面什么都没有，全是空白吧！”另一个农民模样的人搭腔道。

卖彩票的妇女气恼地说：“你凭什么胡说八道？这可是国家发行的彩

票，你看过报没有？”说罢，她又气冲冲地对大脑袋说：“快呀，还磨蹭什么？”

大脑袋的眼睛像扫描一样，从一张张彩票上来回扫了几遍，最后他挑出其中一张，交给那个卖彩票的妇女，脸上露出得意的神采。

卖彩票的当众撕开，脸色骤变。

围观的人脖子伸得长长的，眼睛瞪得大大的，异口同声问：“中了没有？”

“一等奖，500元！”那个妇女和大脑袋几乎同时宣布。

人群“哗”的一声，像开了锅一样喧闹起来。大脑袋从那个妇女手里接过五张崭新的百元钞票：“谢谢，我要赶火车了……”他把钱放进口袋，立即在人群中消失了。

有了500元，买火车票富足有余呢！大脑袋和莉莉说说笑笑地朝候车室的入口走去。

突然，一只手拍在大脑袋的脑壳上。大脑袋回头一看。顿时愣住了。“你……是你？”他问。

站在他俩身后的是城南公园那个倒霉的小伙子，他叫宋强，手里拎着大旅行包，一双眼睛盯着莉莉手中的熊猫和电动火车。

莉莉也认出了小伙子，立刻把熊猫抱得紧紧的。

“你要干什么？你还欠我一个圈儿呢！”大脑袋瞪了他一眼。

“小家伙，别那么不友好嘛！”宋强冲他笑笑，“我也是没办法。今天碰见你算倒了霉，老本都输光了。你瞧，我现在只好卷铺盖回家……”

说罢，他叹了口气，自言自语道：“我的运气真不好啊……”

“啊，对不起，我没有想到这一点。”大脑袋看他怪可怜的样子，突然产生了同情心，连忙从口袋里掏出剩下的钱，全塞在宋强手里，“给你，就算是我们买你的东西，行不行？”

“不，不！”宋强的手仿佛被烙铁烫了一下，急忙缩回，“这可不行，我不是这个意思。我一直在注意你，刚才你去摸彩，我也看见了。我挺纳闷，你是不是有……啊，我也说不清楚。你和一般人不同，你本领超群，你的手，你的眼睛，难道你真有特异功能？”

大脑袋笑了笑：“别胡扯了，我们还要赶火车。”他坚持把钱塞在小伙子手里，拉着莉莉朝前走去。

“喂，你上哪儿？”宋强追了去。

当大脑袋和莉莉走进车站，从电子监测仪器前面经过，接受检查时，突然电子仪器像警笛一样尖叫起来。一个头戴大盖帽的阿姨抬起头指着大脑袋说：“喂，小朋友，等等，你再重新走一次。”

大脑袋只好退回去，再一次通过电子监测仪器。和头一回一样，仪器叫得更欢了。

那个戴大盖帽的阿姨和几名铁路警察放心不下地走过来。“喂，小朋友进来！”他们拽着大脑袋，把他推进了旁边的房间。

这是里外相通的两间办公室，外间的桌上摆着一台电视机和不知名目的监测仪器。戴大盖帽的阿姨把大脑袋带进屋，把门反锁了，随后她和几名铁路警察进了里屋。

大脑袋站在空荡荡的外屋，神情沮丧。他立即明白，他犯了一个不可原谅的错误，刚才通过电子监测仪器时，一定暴露了自己的身份，不然警察为什么偏偏扣下他呢？更糟的是，他们肯定会查出他的来龙去脉，把他送回那个该死的机器人制造公司。想到这儿，大脑袋十分焦急，因为莉莉还要到医院去看她爸爸，没有他，莉莉怎么能找到省城的医院呢？但是房门反锁上了，逃是逃不出去的，大脑袋左顾右盼，一双闪闪发光的眼睛四下搜索。

忽然，临街的窗户有人轻轻敲着玻璃。大脑袋走近一瞧，竟然是宋强，还有莉莉。

窗户用铁栅栏封死，从这里也逃不出去。

“喂，那边有个厕所！”宋强隔着铁栅栏说，“你想个办法到厕所去，从那里逃出来……”

大脑袋高兴地点点头，接着朝窗外挥了挥手，故意大声嚷道：“同志我要撒尿！我憋不住了……”

果然，这一招还真灵，里屋的门开了。

“什么，你会撒尿？”那个戴大盖帽的女警察从里屋出来，疑惑地瞅着大脑袋。

“怎么，撒尿还有错吗？”大脑袋装着一副气急败坏的样子。

女警察半信半疑地领着大脑袋穿过长长的过道。大脑袋迈进厕所时，顺手把门关上了。等女警察发觉上了当，大脑袋早已不见了踪影。

在外面接应的宋强对铁路很熟悉，他领着大脑袋和莉莉，从火车站的货场绕过一道道防线，又从一节节车厢底下爬过去，终于登上了开往省城的火车。

“太谢谢你了！”在开动的车厢里，大脑袋一个劲儿感谢宋强，“多亏了你，要不然赶不上这趟车了。”

宋强也很兴奋，他俯身对大脑袋说：“我这回可知道你是谁了。我听见那些警察在屋里打电话，说是发现了一个失踪的机器人，我猜想说的就是你……”

“你是机器人？”莉莉瞪大眼睛上下打量着大脑袋，简直无法相信。

大脑袋眨了眨眼睛，“嘘”了一声，低声说：“你们要保密！”

宋强和莉莉都会意地笑了。

5

刘仲林神志恍惚，不知自己身在何处。

他觉得身体轻飘飘的，像根羽毛，朝着深不见底的山洞不停地坠落、坠落。看不见一丝亮光，也听不见任何声息。空气仿佛凝固起来，黏稠得像糨糊一般。他拼足全身力气，企图冲出黑暗的包围，但是黑暗像潮水涌了过来，沉重地压在身上，把他压得喘不过气来。

他的脑袋像是几万根针扎着，疼痛难忍。眼前金花四射，变作一道炫目的火光，火光中出现了一辆集装箱大卡车，货箱上漆着醒目的天马饮料广告。那辆大卡车像发狂的猛兽朝他冲了过来，从他的脑壳上碾了过去……

G-M计数管（即盖革-弥勒计数管，一种常用的核辐射的探测装置）噼噼啪啪响个不停，他的眼前出现了一个芦苇丛生的积水坑。这是郊外一个荒无人烟的旷野，以前是个乱坟岗，但是在城市规划的蓝图上，不久这里将是高楼林立的住宅小区，有学校、幼儿园、商店、影剧院，而那个蚊蝇滋生的水坑，则将变成一个水上公园。

但是计数管的鸣声分明在告诉他，积水坑一带有很强的放射性，足以对人体造成严重的伤害。这是怎么回事？为什么这里会出现强烈的辐射？

他苦思冥想，找不到答案，脑袋疼痛极了……

在刘仲林病榻前，站着大脑袋和一同乘车赶来的宋强。莉莉伏在刘仲林身旁，泪眼涟涟地呼唤着：“爸爸，爸爸，你醒醒，我是莉莉呀……”

大脑袋全神贯注地注视着缠着绷带的刘仲林，忽然，他止住莉莉的呼喊：“你瞧，他有知觉了……”

众人立刻屏声敛气，目光一齐聚集在只露出眼睛、嘴巴的刘仲林的脸上。果然，刘仲林的眼眶溢出一行热泪，顺着鼻梁两旁的脸颊淌着。

“仲林，你听见了……”肖芳情不自禁地喊道，悲喜交集的她把莉莉紧紧搂在怀里。

“爸爸……”莉莉喊道。

“你们别出声……”大脑袋发觉刘仲林的嘴唇翕动，连忙止住莉莉的声音。

刘仲林的嘴唇费力地张合，喉咙咕噜地响动，过了半晌，才吐出几个断断续续的语句：“天马牌……饮料，集装箱卡车……”

“仲林，你说什么？”肖芳凑上前问道。

“快，城西积水坑……核废料……放射性……卡车……集装箱……天马牌……饮料……”说罢，他又昏了过去。

这时护士走了进来。“你们都离开，病人需要绝对安静。”她不由分说地把他们轰出病房。

在过道的椅子上，肖芳皱着眉头，反复琢磨刘仲林说的几句话。她

回想起刘仲林出事的前一天晚上，突然对她买的天马牌饮料十分反感，现在他在昏迷中又反复提到这种饮料，看来这种饮料对他的刺激很大。至于城西的积水坑，她记得刘仲林最近一个时期，一直在调查新建的住宅小区的环境质量。那里就有个叫积水坑的，是不是发现了什么，引起他的注意呢？想到这里，她觉得有必要报告刑警队长，也许这些情况对破案会有好处。

她站起来，准备去打电话，这才注意到大脑袋和那个年轻的小伙子还在一旁。“多谢你们把莉莉送来！现在天不早了，你们也该回家了……”她上前向他们表示感谢。

“不用谢，有什么事尽管吩咐。”大脑袋说。

“妈妈，大脑袋是机器人，他说他没有家！”莉莉解释道。

肖芳疲惫不堪，以为自己听错了，忙说：“莉莉，你别胡说八道。”

“真的，不骗你！”莉莉分辩道，“大脑袋，你说我说得对不对？”

当肖芳看见大脑袋的微笑时，她惊讶极了。“天哪，你……你真是机器人？”她转向那个叫宋强的小伙子，问道，“难道你也是……”

宋强的脑袋像拨浪鼓一样摇了起来：“不，不，我可不是机器人。”

这时，大脑袋的电脑中已经将刘仲林说的话储存起来，联系自己所掌握的信息，立即做出判断：刘仲林受伤不是普通的交通事故，而是包含着一个复杂的罪恶企图。问题的症结是城西的积水坑，那里发现了核废料，具有很强放射性的核废料，而核废料是用集装箱大卡车运送的。

但他弄不明白，这一切和天马牌饮料之间有什么关系。

大脑袋把自己的想法和盘托出，肖芳更加惊讶：这真是不谋而合！她又想，只有机器人才具备这样快速的逻辑推理和周详的思维功能。

“我马上把情况报告刑警队长。”她对大脑袋说。

“好，我到积水坑走一趟，也许能发现点什么。”大脑袋说。

6

“呜——呜——”闪着红光柱的警车拖长音调，在通向边境的高速公路上疾驰……

刑警队长李力刚已经几天几夜没有好好睡上一觉了，但是职业的本能刺激着他的大脑皮层，他不仅毫无睡意，反而高度兴奋，这往往是从扑朔迷离的困境中突然发现线索的征兆。每逢这时，他总是情不自禁地吹着口哨，像是去度假一样显得神采飞扬。

在通海镇火车站，他扑了空。那几个粗心大意的警察居然被机器人糊弄了，以致到手的猎物从眼皮底下溜掉，他大为恼火。不过，肖芳电话提供的情况却很令人兴奋。他根据刘仲林透露的信息，马不停蹄地赶到天马牌饮料的生产厂，出乎意料地获得一个重要的情况：这家工厂有一辆专门运送饮料原汁的集装箱大卡车没有如期回厂。据厂方说，他们生产饮料的原汁是从境外进口的，集装箱大卡车定期出境去拉饮料原汁。有时因车子出故障，或者进口的饮料原汁没有按期到货，卡车不能按时回来，也是常有的事，因此厂方没有引起足够重视，更不会想到会有什么事情发生。

但是，刑警队长李力刚可不这样想。肖芳提供的情况引起了他的思索。刘仲林反复念叨天马牌饮料，说明他发现了什么问题。作为一个核物理工程师，他理所当然地关心生态环境的核污染，这也恰恰是他研究的课题。而刘仲林的车祸显然不是偶然发生的，或许这两个互不相关的现象，存在着某种神秘的联系。也就是说，刘仲林的车祸和集装箱大卡车的失踪，或许都不是孤立的。问题是必须尽快找到它们之间的联系。因此他接到肖芳的电话后，立即从通海镇出发，向边境的关卡驰去，因为，一切入境的车辆都是由这个关口进入的。

警车超越了许多车辆，以飞快的速度抵达边防检查站。李力刚跳下车，向迎面过来的边防站站长敬了个礼，立即问道：“有什么情况吗？”

年轻的站长回礼答道：“没有发现机器人。我们检查了所有过境的旅客……”

他的话未说完，刑警队长手一摆：“我不是问这个，我是说，你们有没有看到一辆集装箱大卡车……”

“有什么特征？装什么货的？”

李力刚跨进边防站的办公室，边走边说：“一辆运送天马牌饮料原汁的车。你们不是对来往车辆都登记吗？”

听他这样说，边防站站长停住脚步：“你是说这个，不用查报关单了，刚才就有一辆天马饮料厂的车子进关……”

“什么？”刑警队长大为振奋，他一反常态地抓住边防站长的手，“你看清楚了？什么时间？”

“错不了，集装箱上有天马牌饮料的大广告，而且这部车子经常从这里出入。”边防站站长很神气地说，“我想想，这部车是半个小时前入境的。对，半个小时……”他瞅了瞅手腕上的电子表。

“好，你马上派几个得力的人，跟我一道执行任务！”刑警队长命令道，“还有，马上通知各交通路口，截住这辆大卡车。快！”

三辆闪着红灯的警车迅即从边防站冲上高速公路，警笛的长啸划破了冬天旷野的宁静，在公路两边的原野久久回响。

不知什么时候，天空飘起纷纷扬扬的鹅毛大雪，雪花在挡风玻璃前面飞旋，像一群白蝴蝶恋恋不舍地紧跟着。由于能见度大大降低，警车的速度不得不降下来。

刑警队长一面开车，一面用报话机和各主要交通路口的交通警联络。通海镇被远远地甩在后面，高速公路沿线都没有发现那辆集装箱大卡车的行踪。“它会不会走别的公路？”刑警队长望着眼前稠密的雪花，心里直嘀咕。

他突然想起通往省城还有一条废弃的公路，那是高速公路建成以前的交通要道，不过现在很少有车辆通行了。

三辆警车从立交桥拐了一个急转弯，离开高速公路，驶向坑坑洼洼的废弃公路，顿时，汽车像是掉进暴风中的浪涛，上下颠簸，左右摇晃。忽然，李力刚发现薄薄一层积雪的路面，清晰地印出了车轮的辙印。他凭经验判断，这是集装箱大卡车的辙印。

他像是发现野兽足迹的猎人，加大油门，在弯弯曲曲的公路上飞奔。雪花飞舞，卷起一阵旋风，耳边只听见飕飕的风声和马达的喘息声。

“7号，7号，发现目标，发现目标……”蓦地，报话机传来呼叫，是省城公安局值班室的声音。

“我是7号，我是7号。”刑警队长答道，“在什么地方？”

“一辆集装箱卡车正在向城西积水坑方向开去……”

“赶快截住！”

“那边没有公路，卡车钻进了树林……”

李力刚气恼地踩着油门，把方向盘狠狠地转了几圈，朝着积雪覆盖的田野奔去。他知道，猎物已经嗅出了气味，一场短兵相接的较量即将发生。

果然，那芦苇丛生的水坑边，有几个人正在雪地上扭打。其中有我们熟悉的大脑袋和宋强，还有从集装箱大卡车上跳下的两条汉子，个个膀粗腰圆，满脸横肉，戴着墨镜，穿着皮夹克，一副凶神恶煞的样子。

原来，当大脑袋和宋强从省城医院赶到积水坑时，还未走到芦苇丛生的水塘边，大脑袋突然拦住宋强：“别过去，这儿不对头。”他神色紧张地说。

宋强四下张望，白皑皑的雪地茫茫一片，除了前面的水塘中一丛丛枯黄的芦苇在雪花中瑟瑟作响，什么也没有发现。

“你看见什么了？”他不解地问。

“别动！”大脑袋抬起脚，朝水塘边慢慢移动，仿佛那里埋藏着即将爆炸的定时炸弹。宋强被他那怪异的举止吓住了，下意识地蹲下身子，紧张地注视着他的一举一动。

蓦地，大脑袋飞快地跑过来，拉着宋强不由分说地往附近一个土坡上跑。宋强好像丈二和尚——摸不着头脑，一边跑一边问：“到底是怎么回事？”

一直到了二十多米外的土坡上，大脑袋才告诉宋强，水塘里有很强的放射性，好像里面是一个核反应堆，看来这就是刘仲林工程师所说的核废料，它对周围的环境和人体都有很大的危害。

“水塘里怎么会有那些玩意儿呢？”宋强自言自语道。虽然他不懂核废料是啥东西，但他看过日本广岛的电影，原子弹爆炸时核辐射的威力，他清楚得很，那可是要命的。

大脑袋和宋强开始意识到问题的严重性。“这个地方绝对不准有人来，而且要封锁起来。”大脑袋说。

话刚说完，他们同时发现一辆集装箱大卡车摇摇晃晃朝水塘开来。在最初的一刹那，大脑袋意欲跑过去，通知卡车司机不要靠近水塘，但是他的目光一接触集装箱上几个醒目的大字——天马饮料，便像触了电一样，顿时恍然大悟。他连忙拽着宋强，在土坡后面躲藏起来。

大脑袋和宋强趴在土坡后面目不转睛地注视着这辆卡车。很显然，集装箱卡车开到这么偏僻的地方一定有鬼。果然，卡车从土坡前边拐了一个弧形大弯，然后慢速向后倒退，一直退到离水塘不到一米的地方。

“停！”驾驶室跳出一个大汉冲司机喊道，随即，他警觉地四处张望。

“快，抓紧时间，把货卸完后马上离开。”大汉对司机说。

“嗯，这场雪下得真不赖，一会儿就什么都盖住了……”

大汉大步流星朝车尾走去。那个司机操作着，集装箱的钢铁棚盖自动开启，露出了一个个汽油桶大小的铁罐。这时，卡车的车斗底部开始倾斜，连接驾驶室的前部在一厘米一厘米地自动升高……

就在这时，土坡上发出雷鸣似的喊声：“混蛋，不许卸核废料！”随着这声巨吼，大脑袋以及后面跟着的宋强一起冲了下来。

两个大汉先是大吃一惊，等他们看清面前仅仅是个小男孩和一个瘦瘦的青年，他们立刻发出一阵轻蔑的狞笑。“小兔崽子，你是活得不耐烦了……”那个大汉抡起拳头朝大脑袋的胸前揍了下来。

但是，大汉的拳头碰在大脑袋身上，犹如砸在铁板上一样，痛得他龇牙咧嘴，一个趔趄后退了几步。

司机从驾驶室里跳出来，从背后拦腰抱住大脑袋，恶狠狠地说：“小兔崽子，你想找死是不是……”他用尽气力把大脑袋高高举起，没提防宋强来了一个扫堂腿，司机一个跟头四脚朝天倒在地上。

大脑袋乘机挣脱，那边的大汉又像饿虎扑食一样冲了过来。宋强躲闪不及，挨了他迎面一掌，就地一滚，又用双手抓住了司机的一条腿。这时大脑袋用脑壳做武器，对准大汉的下腹，狠狠地撞了过去。“唉哟！”那个大汉顿时抱着肚子像挨宰的猪一样喊叫起来……

雪地上泥巴乱飞，几个人在湿漉漉的雪堆里打滚，直到震天响的警笛声愈来愈近，那两个大汉突然发觉情况不妙，立即放下手中的对手，决定“三十六计——走为上计”，撒开腿朝水塘背后的小树林跑去……

“不许动，再跑就开枪了！”刑警队长厉声喝道，同时把枪对着那两个惊魂未定的大汉。从警车上陆续跳出的警察飞快地跑过去。

从地上爬起的大脑袋和宋强，一边拍打着身上的泥雪，一边朝后退缩。

刑警队长凌厉的目光从大脑袋脸上扫过，他的眉头皱了起来，仿佛在思索这里怎么会出现一个小孩，而且是面孔如此熟悉的小孩。他手中的短枪枪口对着大脑袋，双脚也一步一步向他逼近，大脑袋也用疑惑的目光注视着刑警队长，并且一步一步朝后退。

两个企图逃跑的大汉被警察戴上了手铐，刑警队长不去理会，他仍然用威严的目光注视着步步后退的大脑袋，脑子里思索着困惑不解的疑团。

突然，大脑袋的后背碰上警车敞开的车门，他就势一倒，跌进了驾驶员的座位。只见他迅速关上车门，踩着了油门，那辆刑警队长的警车像脱缰的野马，飞也似的冲上土坡，然后朝着茫茫大雾覆盖的原野奔驰而去……

刑警队长大叫一声：“他就是机器人！快追！”

是的，正是在这一刻，李力刚才想起，这个男孩就是失踪的机器人。真是“踏破铁鞋无觅处，得来全不费工夫”！可偏偏在面对面时，机器人又从眼皮底下溜走了。

刑警队长懊丧不已。他做梦也没想到，这两个风马牛不相及的案件，竟会搅在一起。这正是他一时没有识破机器人的原因。

在刘仲林案件的结案报告上，刑警队长这样写道：

……核物理工程师刘仲林在调查积水坑一带的环境质量时，发现水塘中有大量废弃的核废料。为了查清核污染的来源，他暗中察访，偶然从一个捡破烂的老头口中得知，不久前有一辆天马饮料厂的集装箱卡车向水塘里卸了一批“垃圾”（实际上是从境外运进的核废料）。据两名案犯交代，国外一家核电站为了倾倒核废料，不惜重金，收买了经常出入境的卡车司机，以运送天马饮料原汁为掩护，将核废料藏在集装箱内，偷偷扔进水塘，待住宅小区施工后即可埋入地下。当他们获悉走漏了风声时，便事先侦察刘仲林每天的活动规律，蓄谋制造车祸，企图杀人灭口。不料刘仲林重伤后透露了有关线索，使案情急转直下，迅速得以侦破。根据掌握的情况，决定立即封锁积水坑一带地区，由科学家和技术人员组成特别小组，负责清除这一带的核污染源；此外，勒令天马饮料厂立即停产，该厂所有出厂产品一律收回，由专门小组负责销毁。

这份报告唯一的不足之处是没有提到机器人的功劳。

这也难怪，因为大脑袋至今还下落不明呢……

二　雾海沉舟

雾越来越浓了。公路两旁的田野灰蒙蒙的，什么也看不清，连道边的钻天杨也模糊得像一个个影子。周围的一切仿佛溶化在乳白色的牛奶里，片刻之间消失得无影无踪了。

“好大的雾！”大脑袋小心翼翼地开着警车，不得不放慢速度。他的电子眼加大到最大功率，也只能勉强看清200米以内的东西，不过他心里美滋滋的，这场漫天大雾可是帮了他的大忙，那个丢了车的警官肯定找不到他的踪迹了。

机器人大脑袋在边境小镇通海镇的积水坑，协助警察把倾倒核废料的坏蛋擒拿归案，却把刑警队长的一辆警车开走了。那是发生在两天前的事。偷警车还了得，各地的边防哨所、交通岗、派出所马上接到十万火急的通知，拦截这辆警车。大脑袋一点儿也不傻，他专拣荒僻的小路走，绕过了一道道盘查森严的交通要道。虽然有好几次险些落网，但他都像条泥鳅似的悄悄地溜跑了。

现在这场浓雾使大脑袋更加放心了，他不再担心警察们会来找他的麻烦了，所以居然高兴地吹起口哨，哼起了他最爱唱的《机器人进行曲》。尽管他不清楚这条公路通向何处，他还是朝浓雾弥漫的前方开去。

忽然，他的脚猛地踩上踏板，警车来了个急刹车，发出刺耳的摩擦声。

大脑袋发现了什么呢?

1

如果不是大脑袋的电子眼特别敏锐，再加上他反应敏捷，说不定机器人就要闯大祸了。

警车前面不到20米处的公路当中坐着个头发花白的老婆婆，她身旁还有个男孩，屈膝半跪在地，两只胳膊正在用力地搀扶着老婆婆。显然，男孩是想把老人扶起来，可他力薄身单，老婆婆喘着气，身子仍在一个劲儿往下倒。

“奶奶——奶奶——”男孩满脸涨得通红地喊道，他的声音嘶哑而惊慌。

“柱子，好孩子……奶奶实在走不动……我先歇会儿……”老婆婆身不由己地倒下去，嘴里咕哝道。

大脑袋跳下警车，走到男孩身边。他打量着这一老一小，问道：“老奶奶是不是病了？你们上哪儿？我这儿有车，上车吧……”

柱子刚满十岁，长得眉清目秀，留着乌黑的小分头，上身穿一件棕色的夹克衫，脚上的白球鞋沾满了泥巴，像是走了很长的路。他听见有人询问，连忙抬头站了起来。

大脑袋发现这个和他个头差不多的男孩脸上挂满泪痕，眼泡也是红红的。

“……我和奶奶一起去看我爸爸，没想到奶奶半路上犯了病。”柱子说着说着，强忍的泪水又像断线的珠子滴了下来。他用手帕擦了擦，哽咽着说：“爸爸不知出了什么事，上个星期让两个警察带走了……现在奶奶又病得厉害，我可不能没有奶奶……”

柱子这番没头没脑的话，大脑袋再聪明也无法闹懂。不过，他的电脑程序提示他，眼下当务之急是救人，把老婆婆送到医院再说，其他的可以暂缓一步。

于是，他不管柱子同意与否，立即把倒在地上的老婆婆抱起来。“走，快送奶奶到医院。你把车门打开！”大脑袋催促道，这时他才发现，老婆婆手里还挽着一个竹篮，那里面装着干粮、水果和一些衣服。大概是给柱子的爸爸送去的吧，他猜想。

他把老婆婆抱上后座，让柱子在一旁扶着奶奶。“坐好！我记得刚才过来的路上有一家医院，我们上那儿去。”大脑袋关上车门，回头对柱子说。

“你会开汽车？”柱子用惊奇的目光打量着大脑袋。

机器人似乎很得意：“甭说汽车，飞机、轮船、火车没有一样我不会开，这是小意思！”

柱子半信半疑，他觉得眼前发生的事，比梦境还要离奇。

2

一个小时后，大脑袋又开着警车朝海边一个非常荒僻的地方驰去。不过车上只有他和柱子，老婆婆已经进了医院的急诊病房。据那个笑眯眯的白大褂阿姨说，老人没有生命危险，她是因为受了点刺激，加上路上劳累，所以晕过去了，打了针吃了药，休息几天就可以恢复健康的。

他们都放了心。柱子的脸上拂去了乌云，说话也显得利索多了。

现在，他们一道去给柱子的爸爸送些食物和换洗的衣服，当然也是去探望他。柱子从奶奶那里听说，爸爸关在海边一个警卫森严的地方，外人不能进去。“我奶奶说，那里八成是关犯人的监狱。”柱子伤感地说。

大脑袋一边开着车，一边随口问道：“你刚才说你爸爸是被两个警察带走的，这会儿又说是关在监狱，那你爸爸是坏人吗？”大脑袋的电脑程序里，只有坏人才会受到法律制裁，所以凡是关监狱的人，在他看来肯定都是坏人，这和2加2等于4一样，绝不会错。

不料，他得到的回答却是一声愤怒的抗议，小柱子脸红脖子粗地嚷了起来：“你胡说！我爸爸不是坏人，他是天底下最好最好的爸爸……”他气恼地喊道，“快停车，你让我下去，不用你送我……”

大脑袋吃了一惊，两眼瞪得大大的：“我说错什么了？你干吗发这么大的火？”

“你凭什么说我爸爸是坏人？你……”

“对不起，我不是故意的，我从来没有遇到过这样的事。”大脑袋立即向柱子赔礼道歉，说了很多“对不起，请你原谅”之类的话。

柱子这才消了气，并且将事情的原委一五一十地告诉了他。

“我爸爸是船长，不过他不是开商船的船长。你知道‘蓝鲸’号吗？那是一艘很漂亮的海洋考察船，船上有很多仪器，都是自动的。爸爸经常开着‘蓝鲸’号出海，每次回来，都给我带些美丽的贝壳，还有海底的矿石，还给我讲好多好多有趣的故事……”

柱子叹了口气又说，爸爸一出海，家里怪冷清的，就剩下奶奶和他了。原来柱子的妈妈生下柱子不久就去世了，柱子是奶奶带大的。当“蓝鲸”号载着他的爸爸驶向海洋时，这一老一小每天都扳着指头算日子，盼着亲人早日平安归来……

一天晚上，天很晚了，小柱子钻进被窝准备睡觉，爸爸突然回来了。不过，和往常不同，爸爸没有给柱子带什么礼物，也没有往日的笑容。他脸色憔悴，目光阴郁，好像有满腹心事，连身上的衣服也皱巴巴的。奶奶吃惊不小，正待问个究竟，爸爸却示意她不要说话。他让柱子赶快睡觉，然后搀着奶奶进了客厅。

柱子心里很纳闷：爸爸今天是怎么了？他光着脚丫轻手轻脚走到门后，拉开一道门缝向外窥望，又把耳朵贴在门缝上。

他看见爸爸闷声不响地抽烟，过了好久才断断续续地说：“‘蓝鲸’号触礁了，我在海上遇到了麻烦，所以我只好把它弄沉了。我这样做也是万不得已。但是，‘蓝鲸’号太可惜了，它是我多年的心血，我失去了它，以后再也无法到海洋去考察了……”

奶奶吓了一跳，忙问：“是你把船弄沉的？那你会不会吃官司？”

爸爸抬起头，目光炯炯地望着奶奶说：“你说得不错，我有这个思想准备，不过我相信终究会水落石出的……”

“我不明白！”奶奶一个劲儿地摇头，“你究竟遇到什么事，偏要把‘蓝鲸’号弄沉？难道没有别的办法？你年纪也不小了，做事怎么也不考虑后果……”

“妈，我正是因为考虑到后果严重，才决定这么做的。”爸爸抬高声音说，“你老人家放心，我不会那么糊涂。你要相信我，在任何时候我都不会忘记，我是个中国的科学家……”说到这里，爸爸情绪有些激动，但他没有再细说下去。

第二天，柱子醒来时，爸爸早已出门，直到很晚才回到家里。他变得更加沉默，心绪不宁，不是在书房里来回踱步，就是趴在桌上不停地写。有时他呆呆地凝视窗外，其实窗外是黑夜笼罩的大海，除了点点渔火，什么也看不见。柱子不知道爸爸的心里在想些什么。

果然，祸事临头了，至少奶奶和柱子是这样看的。那是一个星期前的一天晚上，两个警察把爸爸带走了。“请跟我们走一趟。”其中一个年纪大的警察对爸爸说。他说话倒挺和气，但奶奶和柱子都吓坏了，尤其是奶奶，膝盖一个劲儿地哆嗦。

“奶奶吓昏了，一句话也说不出来。我爸临出门时说：‘妈，你不要担心，你要相信我……’但奶奶只知道搂着我，呜呜地哭。过了好几天，奶奶才缓过劲来，四处打听我爸爸关在什么地方。你瞧，这是奶奶给爸爸预备的东西，她要带着我一起给爸爸送去。”柱子指着放在膝盖上的竹篮，对大脑袋说。

大脑袋机器人很注意地听着，他的电脑一字不漏地将小柱子的话传输进去，而且进行了一番整理、筛选、归纳。可是今天很奇怪，脑瓜儿挺灵的大脑袋如堕五里雾中，闹不清到底是怎么回事。他的眼前，大雾似乎比刚才更稠更浓了……

当车子拐了个弯，踏上向偏离海岸的一处密林的公路时，大脑袋吃了一惊。他的电子眼穿透浓雾，发现密林深处的空地上停着好几辆深蓝色的警车。这并不奇怪，警车停在监狱门外是很正常的事情。然而使他吃惊的是，他分明看见有个挺熟的背影钻进林中的院子，一晃不见了。

“你怎么把车子停了？”柱子推了一把大脑袋，发现他的神情有些异样。

大脑袋答非所问地说：“你瞧，不是到了吗。”

说罢，他跳下车，拉着不明底细的柱子朝浓雾遮掩的密林走去。

3

大脑袋一眼瞥见的那个背影挺熟的人，竟是刑警队长李力刚。

“蓝鲸”号触礁事件，它的内情除了石坚教授——柱子的爸爸以外，最熟悉的就是李力刚。5年前，自石坚发明“CT-7”号海底探测器以来，李力刚就没有睡过一天安稳觉，因为“CT-7”号属于国家绝密级的科学技术，保护这项发明秘密的使命就落在李力刚的肩上。当然，他还要负责保护发明人——石坚的生命安全。可是，他万万没有料到，航海经验丰富的石坚竟然会把“蓝鲸”号往礁石上撞。石坚虽然平安脱险，“蓝鲸”号却沉入海底。要知道，船上装有“CT-7”号，那是国家的宝贝呀！他查了查海图，那片海区很深，2000多米，根本没法打捞。

但是，他和石坚谈过几次话后，发现事情远不是他想象的那么简单。

那是石坚从家里被两名警察带走的前一天，李力刚在他的办公室接待了刚脱险回来的石坚。

“凭你的驾驶技术，‘蓝鲸’号是不可能触礁的。据我所知，你是名副其实的船长，有证书的……”李力刚望着脸色憔悴的石坚，心里很为他惋惜。仅仅几天工夫，这个身材伟岸的男子汉竟变得十分消瘦，乌黑的头发也出现了几绺银丝。

“你说得不错，‘蓝鲸’号不是意外触礁的。虽然当时海上的雾很大，但船上的自动导航仪器还有雷达都很灵敏，不可能触礁……”石坚顿了一下说，“它是我有意触礁的，我毫不推卸我应负的责任……”

李力刚的心里“咯噔”一下，几乎难以相信自己的耳朵，他甚至想，石坚会不会是因为出了事故，神经受了刺激，才说出这番话来。

石坚似乎觉察出李力刚的心思，继续说：“你也许会感到奇怪，我怎么忍心把自己最心爱的‘蓝鲸’号葬入大海。对了，我还要告诉你，你所担心的‘CT-7’号，我已经将它变成一堆废铁，谁也休想得到它。当然，它的一切都在我的脑子里。我能毁掉一台‘CT-7’号，就能够再设计出一台更先进的。可惜的是，我在最后逃出'蓝鲸'号的一刻，犯下了不可饶恕的错误。我将一份最珍贵的海底资源图撂在'蓝鲸'号，来不及将它取走……"

一向非常沉着冷静的刑警队长，这时像被火烫了一下似的突然从椅子上跳了起来，声音都变了调："有这样的事！出了什么情况？"

"你听我说！"石坚端起茶几上的玻璃杯，咕咚咕咚喝了几口，又将白衬衫的领子解开，开始讲述他在海上的遭遇……

七天七夜的航行，石坚的心情始终是愉快的，甚至是陶醉在成功的喜悦之中。"蓝鲸"号名不虚传，小巧而轻便，如同一只刚刚诞生的小蓝鲸欢快地在蔚蓝的波浪里遨游。舱室不大，紧凑敞亮。外形酷似组合式电视机的"CT-7"号，18个荧光屏映出海底地层不同深度的地质图像。石坚不时走过来检查仪器的工作情况。他对自己的发明成果十分自豪，因为这台精密仪器解决了多年来的海底探矿的难题。如今，海洋地质学家摆脱了海底取样的繁重操作，就像医生有了CT机就可以检查患者的病情一样简便、迅速而准确。"CT-7"号如同穿透力极强的眼睛，可以透过深深的海水和厚厚的海底淤泥，对海底山脉、峡谷以及几千米以下的地层连续进行扫描。不仅如此，它还可以自动拍摄，自动绘图。白色的工作台上有一架自动绘画仪，它根据"CT-7"号输入的信息立刻绘制成图。此刻，石坚的面前展示出一幅幅图像清晰的油层分布区，这是他此次航行的收获。成果令人鼓舞。在这一带海区，2000米深的海水下面，竟是一个大得惊人的油库，石油储量的丰富肯定会使所有的石油公司垂涎三尺。

指示灯闪烁着"工作正常"的绿荧荧的光点，自动导航仪准确无误地按照指定航线驾驶着小小的考察船。石坚把绘好的海底油层分布图，一张张收进放在工作台下的一只手提式保险箱里，然后推开玻璃钢的舱门，低头跨上船头不大的前甲板。

不知什么时候起，海上刀起了大雾，迎面而来的潮湿的海风，吹在脸上凉飕飕的。他叉开双腿站在天线塔下面，舒展着有些酸胀的双臂。每次航行，一旦空闲下来，他都有一种孤独感袭上心头。“蓝鲸”号是他一个人的活动实验室，他在设计时没有考虑多安排一个人的位置。虽然自动导航仪和现代化的识别装置，即使无人操作也能根据天气和海况调整航向航速，但是他越来越感到，一个人单独在海上生活毕竟是太孤独、太寂寞了。

他望着雾茫茫的大海，不禁想起海边那温馨的小屋，慈母头上的白发和柱子那闪亮的大眼睛总是在他眼前浮现。他默默地计算返航的日子。再有两天，他就可以结束这次远航。他十分希望能尽快回到老母、幼子身边。他觉得作为一个儿子、一个父亲，自己似乎欠了他们什么……

石坚苦笑着摇摇头，似乎要摆脱心头的孤寂。蓦然，“蓝鲸”号急剧地晃动起来。机舱里动力系统会不会出了毛病？他慌忙回到舱室，检查了控制台的仪表。怪了，“蓝鲸”号的导航和动力系统一切正常。他起先以为是自己的幻觉，但不到5分钟，“蓝鲸”号摇晃得更加猛烈，而且所有的信号灯都亮出红色的警告信号。

石坚艰难地扶着工作台的桌面，朝舷窗瞥了一眼。海面很平静，并没有出现大的风浪，只是浓雾遮住了视线。他疑虑重重地思索着船只出现异常的原因。突然，紧急备用的卫星通信电话“铃——铃——”地叫了起来。

这台通过卫星传送的电话连接着世界各地。他起初以为是自己所在的海上石油开发公司有事找他，因为每天他都要和公司保持联系。但是抓起话筒，传来的却是一阵令人头皮发麻的狂笑。

“你是谁？”石坚喝问。这时船只的摇晃停止了，仪表上又出现了“工作正常”的绿色信号。

“不记得老同学啦，石坚教授？”对方的口气十分亲热，像聊家常一样，“刚才是跟你开了个玩笑。我就在‘蓝鲸’号肚皮底下，近在咫尺。我们的‘捕鲸者’号已经跟踪你好几天了，难道你的‘CT-7’号没有发现？哈哈哈……”

石坚一怔。他当然听出了对方是谁。他的眼前浮现出一个瘦削的、满脸雀斑的高个子青年，当年他在东京早稻田大学的同学。这个其貌不扬的人如今是一家跨国海底资源公司赫赫有名的首席科学家，在电子干扰领域颇有建树。但他没有料到，昔日的同窗如今变成竞争的劲敌，竟这样不择手段。他知道，来者不善，既然“捕鲸者”号盯上了他，必定是有企图的。

石坚明白，刚才发生的动力故障都是“捕鲸者”号搞的鬼。他的这位对手在电子干扰技术方面是有两下子的。

“章鱼，你到底想干什么？”石坚压住怒火问。

“章鱼”是此人的绰号，真名实姓叫章海宇。

“哈哈，老同学，谢谢你还记得我的雅号。打开天窗说亮话，我还是一句老话，你我携手合作，条件你尽管提……”

“我劝你自重一点！我早就说过，在‘CT-7’号问题上是不可能做任何交易的，你用不着在这方面白费心思。”石坚回敬道。一年前，章海宇就提出要收买他的发明专利，遭到了他的拒绝。

“老同学，你错了，我现在对‘CT-7’号已经不感兴趣。老实告诉你，我们有的是美金，马上就可以通过别的渠道买下你的专利，这件事只是迟早的问题。”

“那……那你为什么老缠着我……”

“挑明了说吧，你把你调查的海底地质图电传一份给我，就这一次，我们就此了结，五百万美金的支票就会转到你的名下。这件事只有天知地知你知我知，你看怎么样……”

石坚意识到事态已很严重，看来章海宇是急于攫取他的考察成果了。他了解章海宇的为人，这人是不会罢休的。

现在必须用各种方法拖延时间，以便顺利脱身。

“哈哈哈——”石坚一边对着话筒大笑起来，一边伸手打开转椅底的紧急救生筏。

“这有什么可笑的？我可以告诉你，今天你只有一种选择，必须答应我的要求。”“章鱼”的口气突然强硬起来。

“不答应，你想怎么样？”石坚勃然大怒。

对方没有回答。瞬息之间，“蓝鲸”号像卷入狂风恶浪的漩涡，上下颠簸起来，所有的电子仪器发出刺耳的噪声。

“卑鄙！无耻！”站立不稳的石坚用手紧紧地抓住工作台的边沿，对着话筒大声骂道，“你枉披了一张科学家的人皮，你难道不知羞耻吗？”

半晌，话筒中又传来“章鱼”的冷笑：“还是为你自己的生命多考虑考虑吧，不要敬酒不吃吃罚酒。我给你三分钟时间考虑，否则不要怨我不顾交情——”

“等一等，让我再想一想。”石坚接过话茬说，“我的电传机出了毛病，没有办法把图传过去——”

“你少跟我耍花招！我完全清楚‘蓝鲸’号的性能。你快点把所有的图电传过来，我这边做好了接收的准备。”

“电传机确实出了故障，不信你自己过来看看。我估计是你造成的，因为刚才还是好好的。我看还是‘捕鲸者’号浮上来，你来取图吧。反正我也逃不出你的手掌心。”

对方迟疑片刻，同意了石坚的要求：“喂，为了避免碰撞，你把船开远一点。我们盯着你呢……”

石坚扔下话筒，开启了“CT-7”号的引爆装置。他决定亲手毁掉他心血的结晶。这时，雷达的荧光屏上出现一个亮闪闪的光带，那是雾海中埋伏的一座暗礁。他计上心来，迅速调整了自动导航仪，将方位对准那座被浓雾罩住的暗礁。做好这一切准备后，回眸望去，海面波浪涌起，一艘灰黑色的钢铁怪物从波涛中浮出，只见“捕鲸者”号潜艇气势汹汹朝他扑来……

时间剩下不到几秒钟，石坚把大拇指放在他从未想过要动的毁掉考察船的红色按钮上，终于下定决心用力一按。刹那间，“蓝鲸”号发狂似的向前方的暗礁冲去，“CT-7”号引爆装置的倒计时器发出刺耳的啸声。

石坚飞快地钻进自动弹射的救生筏，但是他突然想起，那只装有海底地质图的手提保险箱还放在工作台上，急忙伸手去抓……

晚了一步，追踪而至的“捕鲸者”号已经全速冲了上来，死死咬住了企图逃跑的“蓝鲸”号。石坚只觉得手臂被鞭子似的巨浪狠狠抽了一下，立即身不由已地飞出自动启开的舱顶盖，像一颗流弹掠过浪峰。在他的耳畔响起了惊天动地的爆炸声。

“蓝鲸”号在爆炸声中葬入海底阴暗的深渊……

听完石坚的叙述，李力刚半晌没有吱声，闭目靠在椅背上陷入沉思。当今的世界，科学技术新成果的争夺异常激烈，已经发展到不择手段、相当残酷的地步。石坚虽然平安脱险，但“蓝鲸”号事件提醒他，事情并不会因此了结。他此刻最担心的，除了那只不知去向的手提保险箱以外，第一位的还是石坚的安全。

刑警队长当即决定，当天晚上将石坚“拘留”起来，以制造假象。第二天，当地出版的各家报纸的第一版位置刊登了一条引人注目的消息——“蓝鲸”号大雾迷航触礁沉没，当事人石坚收监候审。

石坚被送到海边一处隐蔽的别墅里，处在严密的保卫之下。

4

大脑袋把偷来的警车藏在树林里，然后同柱子从一条小路朝密林中走去。

他们绕过几棵大树，眼前豁然开朗。柱子和大脑袋对视一眼，心里都十分纳闷，因为眼前并没有监狱灰色的高墙，也没有阴森可怕的铁丝网。修剪整齐的一道绿色的樊篱环绕着一个小小的院子，绿树掩映着一幢红色屋顶的两层小楼，环境十分幽静。“这里难道就是监狱？”他俩的脑子打了个问号。

“你是不是搞错地方了？”机器人问。

“不会的，昨天我收到爸爸的一封信，写得清清楚楚——”

柱子放下手中的竹篮，正欲从口袋里取信，大脑袋伸出指头放在唇上“嘘”了一声，压低声音道：“你瞧，有人过来了！”

从小楼的门廊走出一个身穿西服的男子，他大步流星地朝着大脑袋藏身的大树走来。柱子眼睛很尖，低声说：“这个人就是那天抓我爸爸的警察，没错。”

果然，那个身穿便衣的警察一边厉声喝道：“什么人？”一边直奔大树底下。

柱子和大脑袋这时索性迎上前去。那个警察一见是两个小孩，反倒松了口气：“啊，是你！”他显然认出了柱子，又转向大脑袋问：“你是谁呀？”

“他是我的同学，我们是一个班的，他叫……”柱子答道，但他实在不知道大脑袋叫什么名字，一路上他竟忘记问一声。

“嘻嘻，他们都管我叫大脑袋……”机器人接过话茬道。

那个警察咧嘴笑了起来：“大脑袋，嗬，你的脑袋还真不小，一定很聪明。”他和气地摸摸机器人的头。

“谢谢，承蒙您夸奖。”机器人答道。

“哈哈，你还很懂礼貌。”那个警察高兴起来。当他知道柱子的来意时，满口答应道：“你不是要看看你爸爸吗，没问题，包在我身上。嘿，你还送啥东西，你爸爸在这里什么也不缺，舒服得很。不过，你们先等会儿。我们的头儿来了，可别让他瞧见。跟我来，告诉你们一个秘密，这儿可是不准外人来的，对你们可以通融通融……”

“叔叔，你真好！”

两个小家伙跟在警察身后，穿过绿墙，走进了那幢小楼，然后被领到走廊旁边的一个房间。警察指着靠墙的长沙发说：“你们在这儿等着，别出声，待一会儿我领你们去见石坚教授，听见没有？”

柱子和大脑袋点点头。待警察关上门，大脑袋说：“石坚教授？这个名字怪熟的……”

柱子第一次笑了：“你真是神经兮兮的，我爸爸就是石坚教授呀！”

“什么，你不是说你爸爸是个船长吗？”

大脑袋瞪着电子眼仔细打量柱子，猛然醒悟过来。真是无巧不成书，原来大脑袋就是石坚从机器人制造公司订的货。也许，经常出海的石坚顾不上家，所以购买了一个机器人，好代他照顾年迈的老母亲，并给孤单的柱子做个伴儿吧。大脑袋这样猜测。

机器人的电脑里事先贮存了有关石坚的全部信息，所以一听见石坚这个名字，他的反应是立即帮助他的主人，因为机器人的第一法则是必须忠实地为人类服务，赴汤蹈火，在所不辞。

不过，大脑袋也很狡猾，不愿把真相挑明。他现在好不容易获得了自由，可不想轻易失去它。

“你在这里待着，我出去一会儿就回来。”大脑袋哄着不明底细的柱子，悄悄地溜到过道。看看四下无人，他又蹑手蹑脚上了楼梯。

楼上的一间客厅里传来说话声，他凭着灵敏的声波频率接收器，立即分辨出其中一个是刑警队长，另一个肯定是石坚。机器人十分清楚他的主人的音色和声频。

他闪身藏在过道的屏风后面，但客厅里的对话却听得分外清晰。

“……我给你带来一个坏消息，‘捕鲸者’号并没有沉没，只是受了重创。这是我们刚刚收到的准确情报。”说话的是李力刚。

“太糟了！当务之急是必须尽快打捞那只手提保险箱。我估计‘章鱼’他们是不会善罢甘休的，我们必须抢在他们之前。”石坚焦虑地说。

“问题是难度太大。要找到手提箱，无异于大海捞针，而且我们无法判断手提保险箱的准确位置……”

“不，这几天我进行了周密的计算。根据我的回忆，那块礁石的位置是北纬21度19分54秒，东经137度41分17秒，‘蓝鲸’号当时距礁石不过0.5海里，方位是97度，所以如果考虑到海流速度和船速，我估计手提保险箱沉没的地点不会超出礁石方圆1千米的范围，喏，你看，就在这儿……”

石坚显然是在海图上画出具体地点，可惜大脑袋无法看见。不过也足够了，电脑贮存器已经将石坚所讲的经纬度和其他数据统统收录进去。

“还有一个难以克服的障碍，我们目前无法解决。”李力刚说，“打捞船没有问题，我们的打捞快艇已在7号码头待命。可是那一带海域水太深，潜水员根本无法下到那样深的海底……”

“那倒是，只能用机器人打捞。”

“我们想到一块儿去了。但是你也知道，我们公安部门目前还没有一个机器人能够承担深海打捞的任务。出于保密考虑，我们还不想把这件事张扬出去，所以我们不能租用别的机器人……”

“对了，我想起来了，我订购了一个机器人。喏，我这里有订货单，你瞧，现在已经到了交货的日期。这个机器人是按我提出的要求设计的，我打算让他当我的助手。他完全可以潜入海底，而且他有特别灵敏的识别功能。”

李力刚沮丧地摇摇头，苦笑道：“太不巧了，我也是刚刚知道你订购了一个最新型号的机器人，可是几天前他已经失踪，而且就是我接手的这个案子……”

他俩的谈话被一阵急促的喊声打断，客厅的门被推开了，进来的是神色慌张的年轻警察，后面跟着哭丧着脸的柱子。

“柱子，你怎么跑到这儿来了？”石坚又惊又喜，奔上前把儿子紧紧搂住。

“爸爸，大脑袋不见了。”小柱子眼泪汪汪地说。

“谁是大脑袋？”石坚和李力刚异口同声问道。

那个年轻的警察涨红着脸，结结巴巴地把柱子和大脑袋来的经过复述了一遍：“刚才，我找遍了这幢房子的每个角落，没有找到那个男孩，他好像一团蒸气突然消失了。”

“小男孩，叫大脑袋……”李力刚眨了眨眼睛，问柱子，“他真的是你的同班同学？”

柱子低着头，连眼皮也不敢抬起，他为自己撒了谎而感到羞愧。

李力刚突然大叫一声：“就是他！又让他从我眼皮底下溜掉了——”说罢，他把满腹怒气撒在那个倒霉的部下身上，“你还愣着干什么？还不赶快去找！连个机器人都认不出来，饭桶！”

“机器人？！”这回轮到石坚父子俩发呆了。

5

几天后的清晨，石坚父子俩坐着小轿车来到医院。

李力刚迎了上来：“伯母的出院手续已经办好，老人家正在病房等你们……”

“实在过意不去，给您添麻烦了。”石坚边跨台阶边说。

“哪里的话，我还要向您道歉。由于我工作疏忽，伯母受惊不小，领导已经严厉地批评了我，我也向伯母赔了不是。”

他们来到老人的病房，柱子扑到奶奶的怀里，石坚也为母亲恢复健康高兴万分。老人不想再多待一分钟，催促着要赶快回家去。李力刚笑着说：“伯母，车子早就在楼下等您呢。”

房门推开，一位白衣阿姨笑吟吟地进来，手举着一束芬芳扑鼻的花束，另一只手拎着一只沉甸甸的金属箱子。

“是个小男孩送来的，还有一封信。”护士阿姨说。

“我的保险箱！”石坚惊喜地走上前，接过那只装有珍贵的海底地质图的箱子。它是大脑袋潜入海底找到的。

柱子迅速把信拆开，信上只有短短几句话：

亲爱的柱子：

再见了！祝奶奶长命百岁。我们后会有期！

大脑袋

“他在哪儿？”李力刚和柱子几乎同时问道。

“早走了……”护士笑吟吟地摇了摇头。

李力刚什么话也没有说，飞快地夺门而出。

“我们回家吧。”石坚对母亲说。

“不，我要找大脑袋！”柱子突然挣开奶奶的手，尾随着刑警队长朝门外奔去。

谁知道机器人又跑到什么地方去了呢？

三　解铃还得系铃人

1

夏天的中午最难熬。骄阳似火，柏油马路烤得像烧红的铁板一样发烫，到处热烘烘的。街上行人寥寥无几，谁愿意这时候跑到火辣辣的太阳底下来呢？大街两边的店铺多数关门打烊，似乎闭上眼睛在打瞌睡。开门营业的也有，那是几家咖啡馆和专卖冷饮的小吃店，人们在那里用冰块和清凉的饮料扑灭心头的燥热。

不过，大脑袋似乎对气温有些迟钝。他并不觉得热，因为他的体内有一台散热器，此刻正在加紧运作，他在太阳底下慢条斯理地迈着方步，一双忽闪忽闪的大眼睛左顾右盼。看他的眼神，这个淘气的机器人似乎在寻找什么。

在烈日当头的大街上，他已经转悠了差不多两个小时了。

说来你也许不会相信，这个失踪的机器人，如同失业的流浪汉一样，正在为找一份工作而操心。他四处寻觅招工的广告。在商店的橱窗和街头的公告栏或者电线杆上，不难发现那些花花绿绿的招贴。

大脑袋的电脑里现在只有一门心思：必须找到一份工作，而且是能够赚大钱的工作。他的电脑程序提示，只有干活，才能赚到一笔大钱。

他现在非常需要钱，而且，不是三块五块，得是很多很多的钱。

机器人怎么会染上人类的“恶习”，对金钱突然产生兴趣呢？天地良心，这不能抱怨制造机器人的科学家，他们可没有在机器人的程序里赋予对金钱的贪欲，因为没有这个必要。从机器人获得生命的那一刻起，他的电脑一点儿也没有储存赚钱的本能。机器人要钱干什么呢？在科学家看来，金钱对于机器人压根儿就失去了固有的货币价值。机器人不吃也不喝，无须购买人类的消费品。他们被制造出来，唯一的使命就是一心一意地为人类做出无私的奉献。科学家在机器人的电脑里灌输了大量诸如此类的信息。不仅如此，他们还编制了特殊的程序，目的是让机器人抵制对金钱的诱惑。聪明的科学家深知金钱这玩意儿不是好东西，他们可不想制造出一个爱财如命的机器人，那可不是闹着玩的。

不过，理论归理论，大脑袋这会儿却只想赚钱。他和所有思维正常的活人一样，懂得一个朴素的真理：没有钱买不了东西。

两个小时以前，那会儿气温还没有现在这样高，街上的商店全部开门营业。大脑袋漫无目的地跟着熙熙攘攘的行人挤进了一家刚开张的电器商店。他是来看热闹的，并没有采购任务。

大脑袋挤进人群，抬头望去，不禁又惊又喜。高高的柜台上，摆着一个长方形的玻璃钢罩子，如同一间密封的囚室，里面放着一个和真人一样大小的金发碧眼的洋娃娃。柜台后面的售货员，手里拿着遥控器，一边按着按钮，一边大声向围观的顾客推销产品。

“各位，这是最新式的机器人洋娃娃，你们瞧，她会唱歌，会跳各种舞蹈，还会演奏各种乐器。她是孩子们最理想的伴侣。现在大家都只生一个孩子，那就买一个机器人洋娃娃吧，她可以陪你的孩子一块儿玩耍……”

那个又高又瘦的售货员只顾宣传他的商品，把洋娃娃机器人折腾得够呛。随着他手里的按键不断地变动，玻璃钢罩里的小机器人就像电影里的快镜头一样，一会儿手舞足蹈，一会儿站起蹲下，一会儿又不得不引吭高歌，手忙脚乱不得停歇。

围观的顾客一个个拍手叫好，有的还大声嚷嚷："嘿，再唱一个！""跳呀，使劲地跳呀！"

大脑袋却笑不起来，他很同情那个可怜兮兮的机器人。他挤近柜台，踮起脚尖，朝那个售货员大声喊道："喂，你要干什么？"

那个售货员没有听清他的话，探身问："小朋友，你想买这个洋娃娃吗？"

大脑袋怒不可遏，真想给他的腮帮子一拳，但他急中生智，从售货员手里夺过遥控器，说："我试试看——"

罩子里的小机器人不再手舞足蹈，一双蓝蓝的大眼睛用疑惑的目光望着大脑袋，不知道他要搞什么名堂。

"我能帮你什么忙吗？"大脑袋凑上前，隔着玻璃钢罩，指着手里的遥控器，问那个洋娃娃。

"你是谁？"

大脑袋可不想在大庭广众之下暴露自己的真面目。他使了个眼色示意洋娃娃，然后抬起手来，于是他们的手掌隔着玻璃钢贴在一起。

这是机器人特有的交流信息的方式。仅仅几秒钟，他们彼此就像老朋友一样熟悉了。洋娃娃机器人告诉大脑袋，她是来自法国的最新一代智能机器人，名字叫欧仁·桑。"我在这个闷罐里待了一个礼拜，还不知道要待多久，你快救救我吧……"欧仁·桑哀求道。

"欧仁·桑，让我想想办法，我一定救你出来。"大脑袋向她传递了这样的信息。但他不知道怎样才能打开囚禁洋娃娃的牢笼，那个玻璃钢的罩子异常结实。

这时，售货员劈手夺过大脑袋手里的遥控器："喂，你在干什么？你要想买的话，赶快拿钱来——"

大脑袋一听，转忧为喜，忙问："这个洋娃娃要多少钱？"

轮到那个又高又瘦的售货员奚落他了。"贵倒是不贵，恐怕你买不起。”他上下打量大脑袋，慢吞吞地说，“就这个数——”他伸出3个指头，在大脑袋的面前晃了晃。

“3块钱？”大脑袋傻乎乎地应声道。

售货员和周围许多人的嘴巴一起咧开，嘲笑的声浪几乎将大脑袋淹没。

没有人告诉他，伸出3个指头为什么不是3块钱，甚至设计他的科学家也没有在他的电脑里储存有关人类模糊语言的信息。大脑袋第一次领教了被人捉弄的苦头。

还是那个洋娃娃透露了自身的价位，那是一个令人咋舌的数目：3000元。

大脑袋垂头丧气地钻出嬉笑的人群。他走出很远了，那个不依不饶的售货员还故意大声喊：“喂，小朋友，快点回家拿钱来，晚了说不定被别人买走了——”

可是，到哪里赚3000块钱呢？大脑袋绞尽脑汁，调动了所有的程序，也没有找到一条可行的方案。太阳已经升上头顶，沿街的店铺纷纷关门休息，他依然徘徊在热浪袭人的人行道上。

看来，只有一条可行的方案。对，如果能在最短的时间赚一大笔钱，就可以救出洋娃娃欧仁·桑。大脑袋这样推理，完全符合机器人的思维逻辑。

2

大脑袋像沙漠中跋涉的旅人发现绿洲一样，走进大街交会处的街心公园。这里是一片清凉世界，几株枝繁叶茂的老榕树像撑开的遮阳伞，挡住了骄阳的毒焰。幽静的绿荫深处，东一处西一处摆着石条码成的条椅。在盛夏的中午，再也没有比这儿更阴凉的地方了。

大脑袋拣了一块草地躺下。所有的石头椅子早已被先来的人占领，有人索性躺在上面呼呼大睡。他并无睡意，脑子里仍然盘算着怎样赚钱。

大街上虽然贴了不少招工告示，但没有一个是他中意的。他并不是挑剔工作，而是工资太低。要知道，他需要的是一大笔钱。

不知什么时候，坐在树荫底下的一男一女旁若无人地侃了起来，他们的谈话没有一句逃过大脑袋灵敏的听觉器官。

那一男一女是前后脚走进街心花园的。他们似乎并不相识，但某种共同的经历促使他们一见如故，而且有了共同的语言。

“……你也没被录取！真倒霉透了，白白排了一宿的队，晒这么一上午。”讲话的是个穿T恤衫的男青年，一头卷曲的长发，像个大学生，“我原以为十拿九稳，谁知道他的条件那么苛刻。”

女青年手里拿了块手帕，不停地扇着通红的脸庞：“我才倒霉呢，请了一天假，还要扣工资，结果是鸡飞蛋打。”顿了一下，她又说：“你说说看，那个经理是不是存心折腾人？我搞了好几年计算机程序输入，这活儿谁不会，可是从来没有听说这么苛刻的条件。”

男大学生双手抱膝，不无惋惜地说：“工资真不少呀，我真想硬着头皮答应他的条件，可是冷静一想，实在不合算。这不等于卖给他了？我又不是奴隶！”

“说得对，工资虽然高，可我们是人，总不能像机器人一样不睡觉、不休息。我可不能要钱不要命……”女青年说罢，指着大街上一幢灰色的高楼，对男大学生道：“瞧，一个人影都没有了，我看八成没有一个会被录取……”

“没有一个傻瓜会上钩的！”男青年附和道，“我算了算，按他的要求，一个星期要完成那样大的工作量，24小时连轴转也干不完，何况延期一天就要扣掉1/10的工资，延期两天还要加倍。他们的算盘太精明！去干的人，也许忙活半天，赚的工资都得赔光……”

说者无心，听者有意。大脑袋那双忽闪忽闪的大眼睛盯着说话的双方，又转向街上那幢灰楼。他立即判断出这些对话包含的是什么信息，看来那幢灰楼里的一家公司正在招聘电脑程序输入的工作人员，而且给的工资相当可观，绝对不是小数目。对于大脑袋来说，这可真是千载难逢的好机会。

想到这里，大脑袋一跃而起，飞快地蹿出绿洲的浓荫，直奔那幢阳光直射的灰楼，把那两个说话的男女青年吓了一大跳。

机器人的逻辑推理能力十分惊人。他从两个陌生的男女青年的对话里，居然能够发掘出这般重要的信息，这是人的大脑思维难以做到的。

果然，不出大脑袋所料，当他跑进那幢灰色高楼时，那家华阳计算机服务公司的经理正为找不到合适的电脑程序编制人员急得团团转。尽管办公室开着冷气，他的秃脑门还是不停地冒汗。

于是，那个脑门光秃秃的经理和大脑袋有了下面一番简洁的对话：

"你看了招聘条件吗？"

"嗯，我全都记住了。"

"你能在这样热的天气，昼夜加班工作，一十十大半个月吗？"

"保证没有问题，再多些日子也行。"

"好极了。你必须独自在一个非常秘密的地方工作，当然食品和饮料都为你预备好了。在完成工作之前，你不能离开那个地方，当然你也没法离开。这一点，能做到吗？"

"绝对没有问题！"

"太妙了。还有一点，你对你所看到的资料必须守口如瓶，保证不向外人透露，哪怕是你的亲人，否则，我们不但要追回你的全部报酬，而且要送你上法庭，让你坐牢。懂吗？"

"你放心吧，我会像哑巴一样。"

"太叫人高兴了。那么，你现在就可以在这份聘书上签字……"

"等一等，我的报酬怎么算？"

"当然公平合理。如果你半个月之内完成全部工作量，你可以得到两千元，这个数目不少吧？"

大脑袋摇摇头道："如果我提前完成，比如一个星期，能不能增加报酬？"

秃脑袋经理翻翻白眼，瞅着机器人说："不可能的。你不要见钱眼开，难道你真的能不休息？我们承担这笔生意虽然时间紧了点，可也并不想把你累垮。10天之内能够完成，就算谢天谢地了。”

“这你不用管。我是说，如果提前完成，那报酬能不能增加？”

对方叹了口气，似乎不想纠缠下去：“好吧，既然你这样要求，公司也求之不得。以2000元起价，提前一天，增加100元，你看怎么样？我衷心希望你赚到你想要得到的报酬，但我也要事先告诉你，这是不可能的……”

大脑袋拿起笔毫不犹豫地在合同文件上签了字——他这时不得不临时给自己起了个名字，一个顶滑稽的名字，叫“钱山迁”，意思只有大脑袋明白：他要赚3000块钱。

“好的，小钱，从现在起，你就是我公司的雇员，一切都要听从我的指挥。”秃脑袋经理用手帕擦着脑门，将桌上的文件放进公文包，兴冲冲地说，“走，咱们马上出发！”

说罢，他让大脑袋跟他走。门外有一辆汽车正停在人行道旁。

“咱们上哪儿？”大脑袋原以为就在大楼里工作，不免感到纳闷。

秃脑袋经理诡秘地笑笑：“到了那里你自然就知道了。不过，这是个秘密的地方，你最好不要打听。”

“好吧，我并不想打听你的秘密。”大脑袋说，“不过，走以前你得帮我办点事。”

大脑袋要秃脑袋经理帮他办的事，就是把车开到电器商店，并拿出3000元钱替他买下那个名叫欧仁·桑的洋娃娃机器人，这3000元钱算是预付他的报酬。经理不肯答应，大脑袋说，那我就不干了。经理急得没办法，只好照办。

3

买下欧仁·桑后，秃脑袋经理迅速把车开进山区。

汽车不停地盘旋而上，好像没尽头。绕过一座山峰，前面出现一个岔路口，这时秃脑袋经理急忙拐弯，汽车开始下坡，不久进入一道两山夹峙的峡谷。这道深谷和一路的景色迥然不同，没有郁郁葱葱的森林，而是陡壁悬崖，草木稀疏，没有一点生气。越往里走，死寂的荒山野岭越给人以阴森压抑的感觉。

路也越来越难走。大脑袋和洋娃娃机器人像坐在摇篮里东摇西晃，秃脑袋经理一声不响，死死地把住方向盘，唯恐不小心翻进路边的山沟里。

“咱们这是去哪儿？”大脑袋疑虑重重，已经不止一次地大声嚷嚷。

欧仁·桑的一双大眼睛滴溜溜地乱转，朝窗外搜索。“你瞧，那是什么？”她压低声音问。

大脑袋朝外望去，不禁暗暗叫苦。不远的山崖上，矗立着一根根白色的水泥柱子，上面拉着纵横交错的铁丝网，异常醒目。

这使他大吃一惊。会不会是秃脑袋经理设下圈套，把他骗到这里来了？根据他的电脑储存的信息，有铁丝网的地方不是军事禁区，就是关犯人的监狱，反正是不该来的地方。

大脑袋与欧仁·桑对视一眼，正待开口，一根刷着红白油漆的铁栏杆挡住了汽车。不知从哪里钻出两个身着迷彩服的武装警察，他们握着冲锋枪，叉开双腿，站在铁栏杆后面，其中一个抬起右臂，示意汽车停住。

汽车“嘎”的一声刹住，秃脑袋经理跳下车，朝前走去。大脑袋和洋娃娃机器人听不见他和那两个警察的对话，但是看得出来，警察的态度十分生硬，一个劲儿地摆手表示不同意。

过了大约一刻钟，两个人高马大的警察和秃脑袋经理似乎达成了和解，然后一起走到汽车跟前。

“对不起，你们都得蒙上眼睛。”其中一个年纪轻的警察拿着眼罩，对车里的机器人说，“这是规矩，你们只好委屈一会儿……”

另一个警察朝车厢里看了看，特别注意地打量大脑袋和洋娃娃。“喂，你搞的什么名堂，怎么找了两个小孩？”他向秃脑袋经理质问道。

没有听清秃脑袋经理嘴里嘟囔了什么，大脑袋他俩的眼睛就被警察不由分说地套上了眼罩。

“喂，你们想干什么？”大脑袋抗议道，“你们讲不讲理？这里并不是我们要来的，凭什么这样对待我们？”

秃脑袋经理一个劲地劝说，请他稍微忍耐一下。“别嚷好不好？一会儿，就一会儿！”他央求道。

其实，大脑袋是故意嚷叫的。那个眼罩对他毫无作用，他看见那个年轻的警察坐在秃脑袋经理身旁的座位上，他也看见汽车开进山谷里面一片开阔的地带，那里筑有高墙，上面还拉着电网。在高墙里是一排排火柴盒式的灰色平房，房子的窗户很小，上面安置了铁栅栏。但是，到处都看不见一个人影，偶尔在高高的岗楼上，才会出现一个荷枪实弹的警察的身影。

他断定，这是一座戒备森严的监狱。把监狱建在这样隐蔽的山谷真不错：只要在山谷的出口重兵把守，那就任何人也插翅难逃了。

不过，他不知道等待自己的是吉是凶。为什么要抓他呢？谁在暗中策划这一切呢？而且他和秃脑袋经理素不相识，为什么平白无故地将他送进监狱呢？

他的脑袋瓜儿再灵，也无法找出答案。

汽车绕过一排排死气沉沉的平房，停在一幢古堡似的大楼前面。这座大楼异常坚固，完全用巨石砌成，门前利用天然沟谷架起一道水泥桥，和整个监狱隔离开来。他们经过岗哨盘查，这才进入大楼。

大脑袋和洋娃娃机器人是蒙着眼睛进入楼内的。他们被带进电梯，很快地往下降。大脑袋发现，这幢大楼的地底下至少有四五层，每层都有好多通道，看来是个非常秘密的地方。

“好了，我们到了！”秃脑袋经理说道。在最底层的一个大房间里，警察解开了大脑袋他俩的眼罩。呈现在他们眼前的，是一间洁净宽敞的房间，灯光柔和，不冷不热。房间尽头，摆着一排崭新的计算机，像是自动化办公室的全套设备。

那个年轻的警察悄悄离开房间。不一会儿，一个头发花白的警官推门而入，他向秃脑袋经理打了招呼，脸色不悦地说：“刘经理，你是不是把我们的事情当成儿戏了？怎么找两个小孩来干这么重要的事？”

刘经理将警官拉到一边，压低声音道：“你不知道，招工时，谁听了都摇头，根本没有人愿意干这份差使，我是没有办法啊。不过，你别小看这孩子。啊，他叫小钱，钱山迁。他懂计算机，我测试过他，水平很高，准保能按时完成任务……”

他们谈话的当儿，大脑袋和洋娃娃机器人早就坐在计算机前的转椅上，熟练地操作起来。大脑袋按动键盘，输入一个查询的信号。他想知道自己现在身在何处，这儿究竟是个什么地方。

荧光屏闪动黄绿色的光，即刻出现跳动的字幕：

“玫瑰谷地，海拔1370米，代号0075438，中心监狱，看守43人，典狱长林长庚，现年59岁，在押犯5407人，管理水平一般……”

“哈哈，我知道了！”大脑袋望着荧光屏，不禁笑了起来。

“你瞧，我也找到了！”洋娃娃机器人也拍起了小手，她面前的荧光屏上出现的字样更妙。

“林长庚，唐山人，男，现年59岁，身高1.73米，体重71.3公斤，警官学校毕业，原任县公安局长，因犯人逃跑受降级处分，工资下调一级，现为中心监狱典狱长，爱吹牛，常喝衡水老白干，但工作兢兢业业……”

这时，他们的身后突然爆发出一声咆哮，那是非常愤怒的人才会有的失态。

“你们竟敢戏弄我！简直无法容忍，我要让你们知道我的厉害！”那个名叫林长庚的典狱长脸色铁青，紧握着拳头，暴跳如雷。

大脑袋和洋娃娃机器人吓得从座椅上跳下来，他们并不知道那个头发花白的警官竟是典狱长。怎么会从计算机里调出他的信息呢？

不料，刘经理摸着秃脑门笑道：“典狱长，我说得一点不错吧？别看他们年纪小，操作电脑的技术可真不赖。”

林典狱长“啪”的一声关掉电脑的控制钮：“真见鬼，电脑里怎么会有我的材料？连我喝老白干都收进去了！”他恼怒地说，“肯定是总局搞的鬼，我要跟他们算账！”

过了片刻，他的气消了，这才向大脑袋说明意图："你们都看见了，这些电脑性能都不错，可是里面收罗了许多乱七八糟的东西，而我管的几千名犯人的档案材料一个也没有，这怎能实现电脑管理？这件事非常急，下个月总局要来检查，必须把所有犯人的档案一字不漏地输入进去，明白吗？"

大脑袋这才恍然大悟：闹了半天，要干的原来是这么一桩小事。

"我打报告让总局派人来，报告打上去快一年了，却石沉大海，不是说总局的计算机系统实行联网，抽不出人来，就是说电脑程序人员生病，实在来不了，让我们自己想办法。你说叫我生气不生气？"典狱长转过脸对刘经理说。

"嘿，早通知我们，不就早解决了吗？这件事包在我身上，不，包在小钱身上，他会干得很出色的……"刘经理转而问大脑袋，"你说是不是？"

典狱长林长庚接着向大脑袋交代工作，那就是将五千多犯人的档案全部输入电脑。"我希望在我退休之前，再也见不到那些堆满所有房间的乱糟糟的档案。你不知道要找一份档案有多难！记住，必须一个不漏地输入电脑，我最后要来检查的。我会派人把整捆整捆的档案送来。等工作全部结束，我就让那些积满灰尘的档案统统见鬼去！"他一板一眼地说。

大脑袋和洋娃娃机器人这时才算松了口气，不禁相视一笑。

典狱长站起来，招呼一旁的刘经理："好吧，让他们开始工作，我们还是去喝两盅。"他忽然想起什么，对大脑袋说："需要什么打电话，5765分机，你们的食宿都会有人来照顾的，只有一条，我想你们事先是知道的，不能到外面去。"

"喂，小钱，拜托了，好好干……"刘经理附和道。

大脑袋不耐烦地朝他们摆摆手："好吧，好吧，快把档案送过来，我们要开始工作了。欧仁·桑，你说对吗？"

机器人洋娃娃什么也没有说，跳上了座椅，将电脑的开关打开了。

当典狱长他们走到走廊时，刘经理凑在典狱长的耳根悄悄地告诉他一个秘密。

“什么，他们是机器人？”林长庚大为惊诧，简直不可思议。

刘经理得意地说：“这方面我是行家，逃不出我的眼睛！”

4

一辆半新不旧的越野吉普车绕过街心花园，停在马路边上，从车里钻出典狱长林长庚。他有些口干舌燥，径直走向路旁一家装饰典雅的酒吧。

“好久不见了，典狱长！还来二两老白干？”当林长庚摘下帽子，在临街的桌前坐下时，酒吧的老板笑眯眯地招呼道。

林长庚是这里的常客，从玫瑰谷的中心监狱进城，常在这里歇足。不过，这次是他自己驾车，所以他摆了摆手。

“没看见我开车吗，来瓶饮料，冰镇的……”

他的话音刚落，坐在酒吧另一张桌子旁的顾客闻声回过头来，两人的目光撞在一起。

“啊，是您，老没见呀！”那个顾客迎上前来，坐在林长庚旁边的椅子上，他是秃脑袋刘经理。

自从大脑袋和洋娃娃机器人欧仁·桑到中心监狱对犯人档案进行数据处理，然后输入电脑，时间过去差不多快一年了。那一次典狱长对机器人的工作效率不得不佩服。虽然他是事后才知道大脑袋的真面目，但他却忘不了这件事的前前后后。

那天晚上，鬼知道是怎么一回事，反正他喝得酩酊大醉。也许是因为终于找到了输入程序的人员，他感到十分快慰。在内心深处，他很想在总局面前露上一手，没有总局帮忙，照样也能实现监狱的电脑管理，这是他老林多年的心愿。于是，在大脑袋他们被关进机房以后，他就和刘经理开怀畅饮起来。监狱厨师做了好些下酒菜，他俩猜拳行令，小杯干了换大碗，把床底下的几瓶衡水老白干统统消灭了。

他们清醒过来，已经是两天后的晚上。他们走进地下室的计算机机房，里面却空无一人。向值班警察询问，回答是大脑袋和洋娃娃机器人天刚亮就离开了。“他们说，档案已全部输入电脑，按您的吩咐，一个也没有漏掉，所以我们就放他们走了。”值班警察说。

典狱长经过检查，确信地下室所有的档案已全部输入电脑，心里的一块石头落了地。但他发现所有的档案室空荡荡的，不禁纳闷道：“档案呢，你们放到哪里去了？”

“典狱长，遵照您的指示，统统处理了。”还是那个值班警察回答道。

“处理了？怎么处理的？”他有些沉不住气，伸手抓住值班警察的肩膀，大声喝问。

“我们昨天晚上向您请示，档案怎么处理，您说：‘烧……烧个精光……’所以我们就把档案集中起来，扔进了锅炉……”

他的脸色顿时像石灰一样煞白，汗珠儿从头发根里冒了出来。他记不清自已曾说过什么话。他醉得像个死人，什么都记不住了。但是，谢天谢地，既然犯人的档案已全部输入电脑，实现了监狱的自动化管理，谁还需要查找乱七八糟的档案呢？实在用不着惊慌。

此刻，秃脑袋刘经理和他寒暄起来。典狱长告诉他，总局对中心监狱的自动化管理评价很高，而且实现了联网。“现在方便多了，总局需要调一个犯人的案卷，马上可以从电脑储存库里调出。有什么指示，立即通过电脑输入我们的记忆库。”林长庚饮了几口杯中的橘子汁，继续说，“我还得感谢你的帮忙，你给我介绍的那两个小机器人，工作态度真是没说的。”

“嘿，你还提那个机器人呢！”刘经理道，“活儿是干得不赖，可就是从此无影无踪，再想找这么个雇员，打着灯笼也找不到了。”

“从那以后，再也没有见过他……他们？”

“有人说在海边见过他们，也有人说在一艘货轮上碰见过，可是我每次找到一点线索，很快又断了。所以后来我就死了心。”刘经理叹息道。

他们很快喝完各自的饮料，典狱长站起来，拿起放在桌上的帽子说：“我在省城开了一个星期的会，马上要赶回去。看样子天要下雨了。”他望着玻璃窗外，正待起身告辞。

忽然，大街斜对面的一家珠宝首饰店飞快地冲出几名彪形大汉，他们像电影里的劫匪，用尼龙罩子蒙面，手里拿着短枪，慌不择路地穿过大街，径自朝酒吧奔来。

“不好，有人抢珠宝店！”典狱长毕竟是老警探出身，立即意识到情况不妙。他摸出腰里的手枪，迅速夺门而出。

刘经理也看见了慌忙逃跑的蒙面人，却吓得挪不动步，一屁股坐在凳子上。

林长庚跑出店门，端起手枪，朝斜穿大街的劫匪大声喝道：“不许动！我是警察！”

这时，在街心花园附近值勤的民警也闻声赶来。

街上一阵骚动，行人有的闪身藏入商店，有的慌忙夺路而逃。

劫匪共有三个，他们显然发现了持枪瞄准的林长庚，犹豫片刻，又迅即折回大街对面的人行道。林长庚推开行人，飞快地穿过车水马龙的街道。

不料，劫匪就像捉迷藏一样，从另一个方向斜穿大街。他们躲过一辆接一辆的汽车，奔往酒吧这边的人行道。

“不准动，我要开枪了！”大街那边，传来林长庚急促而威严的喊声。

然而，三个劫匪头也不回地撬开了路边的一辆汽车，开动马达，飞也似的冲进大街，左拐右拐，汇入了奔腾的车流。

远远地，传来那辆被劫持的汽车响起的警笛声，由近而远……

“那是老子的车！”刘经理走出酒吧，和气急败坏的典狱长撞了个满怀，林长庚气恼地咒骂道。

真够倒霉的，劫匪偏偏抢走了他的警车，而且在他眼皮底下溜掉了。这是令人无法容忍的。

5

玫瑰谷中心监狱的电脑中心，安静而整洁。乳白色的灯光映着一排黄绿色屏幕的电脑，两个身穿白大褂的年轻女民警，像往常一样坐在转动的轮椅上操作。她们是那样专心致志，只有滴滴答答的键盘的叩击声响个不停。

这是早晨八点三十分，刚上班不久。她们桌上堆着厚厚一叠卷宗，那是要向总局报告的文件。当然，作为总局管辖的下属部门，她们每天都要接收总局下达的各项指示、命令，还有许多公文。由于实现了电脑的网络化，信息的处理十分方便，只要按动键盘，一切都进行得井井有条。

其中一个年轻的女民警叫陈丽萍，瘦瘦的，长得很苗条。她是公安学校的高才生，不久前分配到中心监狱来的。

“提前释放名单……”她望着跳动的荧光屏，默念着上面出现的字样，声音中包含着某种困惑。

坐在她旁边的女民警白娟转过脸，瞟了一眼陈丽萍面前的电脑显示屏，上面出现了总局下达的一份通知，内容很简单，只有寥寥几行字。通知是给典狱长的，命令他将关押的三名犯人提前释放，不得有误。接着出现三名犯人的名字、性别、年龄和入监的编号。

“嘿，这三个家伙真走运，马上就要获得自由了……”白娟长得胖墩墩的，个头不高，天生的乐天派。

陈丽萍从打字机上撕下电脑显示的文件，从头到尾看了一眼三个犯人的名单。“总局通知要立即释放，不能耽误，我得马上送去。”陈丽萍边说边站起身来。“真奇怪，怎么会这样呢？”她自言自语道。

白娟不解地望了她一眼：“你是怎么啦？这有什么奇怪不奇怪……”

“哦，我不过是随便说说。我记得0078号、0095号、0097号这三个犯人似乎是无期徒刑，怎么会提前释放？”

“不会的，肯定是你记错了。”白娟反驳道，“好几千犯人的档案，你怎么记得住？别神经兮兮的，快送去吧。”

听她这样讲，陈丽萍似乎又失去信心。“那倒也是，也许是我记混了……”说罢，她朝房门走去。

“林典狱长不在。他不是到省城去开会了吗？”热心肠的白娟提醒道，“你赶快交给看守处吧，让他们赶快去办，这事不能拖。”

“我知道。有什么事你给我看着点。”陈丽萍推开房门，又回头说道。

这时墙上的电子钟恰好指向上午九时整。

中心监狱的办事效率确实无可挑剔，尤其是对上级的指示那真是雷厉风行，绝不含糊。陈丽萍将释放犯人的文件送到看守处，仅用了不到一刻钟。接着，监狱所有部门像一台启动开关的机器迅速转动，无数的电话在许多办公室响起来。接到通知的部门立即行动，办理释放手续，退回犯人寄存的财物，颁发通行证。在7号牢房的甬道上，一个上了年纪的老警察提了一串叮当作响的钥匙，气咻咻地大步朝前走去。甬道两边是一排铁栅栏的囚室，这里关押的都是罪孽深重的要犯，其中绝大多数是永无自由之日的。

老警察走到甬道尽头，打开了一间囚室的铁门：“0078号，0095号，0097号，起来！赶快起来！马上跟我走……”他不耐烦地用钥匙串敲击铁门，声音沙哑地喊道。

灯光暗淡的囚室里，有个犯人动弹了一下，又翻身而睡。另一张床上的犯人半躺着瞅了一眼倚门而立的老警察。

“混蛋，要不是今天释放你们……”老警察怒气冲冲道，伸手去抓上铺的那个光头囚犯。

“你说要释放我们，这不是开玩笑吧？”那个年纪较大的囚犯低声下气地试探道。

老警察正色道：“有这么开玩笑的吗？”

“真的？”三个囚犯先是惊愕，转而狂喜。

一个小时后，这三名被判了无期徒刑的囚犯恢复了自由，像笼中放出的鸟儿在玫瑰谷的公路上大步而行。他们三人恍若做梦，内心深处实在猜不透是出于什么原因突然释放他们。自从法院正式宣判之后，他们对迈出牢门的这一天早已绝望了。

“我说，是不是搞错了？”脑袋精光的那个小伙子说。他和两个伙伴洗了澡，脱掉了囚服，同一个小时前判若两人。

“我才不费那个脑子。管他呢！”年纪稍大的囚犯此刻换了一套旧西服，神气活现地说，“咱们先找个地方去快活快活……”

“对，管他错也好，对也好，反正我们出来了。”另一个脸色苍白的囚犯压低声音说，“快走，我的家伙藏在一个秘密地点，先找到家伙再说。”

他说的家伙是作案的手枪和匕首。

说罢，三个人离开大道，朝山坡上的树林走去，很快就消失在一片绿海之中。

在中心监狱古堡的地下室里，白娟待陈丽萍的脚步声消失在走廊之后，心里又不踏实起来。她想起陈丽萍刚才的神情，不禁也产生了疑问：提前释放的三个犯人难道果真是判了无期徒刑？陈丽萍的疑惑真的一点根据都没有？她有些后悔：自己凭什么武断地说陈丽萍神经过敏？记得有位著名的心理学家说过，直觉往往是正确的，它的准确率有时超过大量的物证，陈丽萍的疑惑，是不是一种直觉呢？

在责任心和好奇心的双重驱使下，白娟坐到陈丽萍的计算机台子前，叩响了键盘的按键。她决定将犯人的档案调出来看一看。这点做起来并不难，按照犯人的编号，即可将犯人的全部情况查个水落石出。

不料，当白娟将“0078”“0095”“0097”——这是提前释放的三名犯人的编号——输入电脑时，电脑显示屏出现了一阵跳跃的、不规则的线性图形。她又按下信息输出的按钮，并没有得到需要调出的信息，却只看到一片模糊的、杂乱无章的图像：一会儿是密集的雨点般的图像，转而又是犬牙交错的线条。

“怎么回事？”白娟的额头沁出薄汗，她瞪大眼睛，又任意输入几个编号，试图看看其他犯人的档案材料。

这时，荧光屏上跳出几个赫然醒目的大字：“提前释放——提前释放——提前释放……”

几乎不用解释，白娟心里就已明白，电脑里面储存的信息被一只无形的手全部抹掉了，所有在押犯人的档案材料化为乌有，唯一留下的信息只是这四个不断重复再现的“提前释放”。

她的脑袋像挨了重重一击，顿时晕眩起来。

“白娟，你怎么啦？”陈丽萍办完公事回到电脑房，一眼发现白娟苍白的脸色，急忙问道。

白娟无力地抬起手，指了指电脑显示屏，嘴唇翕张，半晌才吐出几个字：“病毒……计算机病毒……”

陈丽萍顺着她的手，瞥见显示屏上面的字样，什么都明白了。她的眼睛发黑，如果不是双手扶住椅背，险些倒下。

她们都知道事态十分严重。监狱的电脑染上了计算机病毒，抹去了所有在押犯人的档案，这意味着什么，她俩心里都有数。

当天傍晚，典狱长林长庚坐着辆出租汽车回到玫瑰谷，一进城堡似的办公楼，凭直觉发现气氛不对头。

所有的人说话都躲躲闪闪、吞吞吐吐。每个遇到他的人都有意避开他，避开他的目光，像掉了魂似的。

林长庚心里本来就不痛快。汽车被劫匪开走，在大庭广众的街头出了洋相，已经够窝囊了。现在见到他的部下一个个躲着他，心里更加气恼。他推开办公室的门，将帽子重重地摔在桌上。“今天倒霉透了，准备写检查吧！”他一屁股坐在写字台后面的转椅上，将一阵牢骚发泄给尾随而来的看守处处长。

“典狱长，你都知道了？”看守处孙处长见他脸色不悦，轻声问道。

“你问我？你们消息真灵通嘛！我的车被几个流氓抢了，你们不是都知道了吗？”林长庚没好气地抢白道。

孙处长被他一番没头没脑的抢白弄糊涂了：“车丢了？在哪儿？什么时候发生的？我们压根儿不知道呀！”

林长庚两眼盯着对方，这才发觉自己弄误会了。“那么这儿发生了什么事？你们一个个神色不对呀！”他问道。

孙处长上前一步，凑近他的耳朵，将白天发生的情况向他做了汇报。

“病毒？计算机病毒？”林长庚听罢，头上直冒汗，将制服的纽扣解开。“这么说，所有犯人的档案，每个人的服刑期限，已经坐了几年牢，还要坐几年，还有的人加了刑，加了几年，什么时候出狱，这些数据全都没有了？”他越说越快，声音也越来越高，最后颓然倒在椅子上。

“典狱长，情况比这还要严重，那三个提前释放的犯人，据我们向总局了解，总局根本没有下发文件，看来也是病毒捣的鬼……”孙处长站在桌旁说。

林长庚像遇到电击一样从椅子上跳起，双手抓住对方的肩膀，恶狠狠地说：“好呀，我说我怎么对那几个劫匪那么眼熟呢，原来是你们放出去的，怪不得他们见我就跑，这不，还把我的汽车开跑了……”

孙处长将林长庚的双手解开：“典狱长，这事好办，这三个家伙跑不了。我们马上发通缉令，他们怎么走还得怎么滚回来。可麻烦的是咱们的电脑。犯人的档案都没了，这要让上级知道，可怎么是好？”

“当初档案是你们烧的，这会儿电脑又得了什么病毒，我有什么办法？”林长庚气恼地吼叫起来。

这时，办公室的门推开，陈丽萍和白娟闪身而入。“典狱长，我们有个主意……”她俩道。

林长庚不见她们则已，一见到这两个电脑房的工作人员，不由得将满腹怨气发泄到她们头上。

“老林，您别着急，现在咱们得商量商量，想想办法。”孙处长劝道。

“我怎么能不着急，不生气？出去开了一个星期的会，把这个‘家’交给你管，结果呢，几个判无期徒刑的犯人莫名其妙地给放了，还抢了珠宝店，把我的车也劫了，计算机又出了毛病。问题是，计算机不是人，是机器，它怎么会染上病毒？难道它也像人一样会感冒、发烧，得了肺炎不成？”典狱长不待陈丽萍和白娟开口，大声嚷道。

陈丽萍和白娟面面相觑，想笑又不敢笑。

“典狱长，计算机病毒不是我们平常说的使人生病的微生物病毒，这完全是两码事。它是一种人为制造的电脑软件程序，潜伏在计算机的软件里面，而且事先在程序里设置了一个日期，到了预定日期，病毒就会发作，对电脑进行破坏和干扰，甚至将储存的信息全部消除……”白娟待林长庚稍稍消气后，壮着胆向他报告。

“是这么回事。那你们说说，是谁吃了饭没事干，存心这么捣乱？”

“据一些资料上说，最早制造电脑病毒的是美国南加州大学的一个学生，名叫弗雷德·科恩。据说他的本意并不坏，只是希望试验电脑的程序能不能自我繁殖，没有料到他的这个试验导致了电脑病毒的传播。目前，全世界发现的电脑病毒有一千多种，而且不断繁殖新的病毒。”陈丽萍道。

这时，站在一旁的看守处处长插嘴道：“你们甭扯那么远，现在首先要搞清我们这里的计算机到底是怎么染上病毒的，另外，看看有没有补救的办法。”

“对呀，我们的计算机使用时间不长，怎么会染上病毒呢？”林长庚问。

“这……这很难说。按照一般的情况，联网电脑的通信线路，就很难避免病毒的感染。我们这里的计算机已经和总局的计算机，还有其他公安部门、法院的计算机实行联网，只要有一台计算机染上病毒，就会传播到我们的计算机。”白娟道。

“有这么厉害？”孙处长道。

“不光是这样，病毒的扩散还可以通过盘片和硬盘交叉感染。只要有一个硬盘储存了病毒的破坏性指令，用这种带病毒的盘片和别的计算机接触，或者进行复制，所有的健康盘片和其他电脑的硬盘都会染上病毒。它们潜伏的周期很长，平时察觉不出来，一到预定日期，这种能够复制自己并破坏其他软件的病毒就会将电脑储存的数据全部抹掉……”

“糟糕，今天是七月十三号，星期五。”突然，站在一旁的孙处长看了腕上的日历表，大惊失色地喊道。

林长庚困惑地望着他：“七月十三号怎么啦？星期五又怎么啦？”

白娟和陈丽萍也恍然大悟：“啊呀，说不定今天是黑色星期五！”

孙处长满头大汗，低着头在林长庚办公桌的一堆文件里翻找：“该死，都怨我，我把这个文件扔在这儿没管，压根儿忘记了……”他从中抽出一份标有绝密印鉴的纸片。

林长庚一把夺过文件，凑近眼前。文件是总局保卫处发来的，上面只有一行字：“各单位电脑中心注意，提防黑色星期五！”

“你……你干的好事！”林长庚怒不可遏地吼道，“这是什么时候收到的文件？”

孙处长的脸涨成猪肝色，吞吞吐吐地说，文件是前天收到的，大概是为了保密，总局保卫处是专门派人送来的，但他看过后就放在典狱长的办公桌上，等候典狱长回来处理，谁知道事情会这么严重呢。

白娟见房间里的气氛十分紧张，连忙劝解道：“典狱长，事情既然已经发生，急也没有用，我看还是想想补救的办法要紧。”

“是呀，事不宜迟，要赶快采取措施……”陈丽萍附和道。

林长庚将目光从孙处长脸上转向她们：“你们有什么高见？说吧。”

“我们刚才商量了一下。”白娟道，“当初，监狱的犯人档案材料据说是两个机器人输入的，我们想，也许机器人的电脑里也同时输入了这些信息，所以如果能找到他们，那就有希望了，也许机器人能够将犯人的档案材料回忆起来。”

林长庚听罢，觉得此刻也只有这唯一的希望。“可是，到哪儿去找那两个机器人呢？”他叹息道。

“典狱长，这件事交给我。”孙处长鼓起勇气说道，“我带上看守处的全体人员，说什么也要把机器人找回来……”

“我们也参加！”陈丽萍和白娟应声道。

林长庚稍停片刻，果断地说：“好吧，试试看吧。不过，电脑病毒的事，要绝对保密，谁也不得露出半点风声，知道吗？”

“是！”房间里的人同时答道。

6

一连好几天，玫瑰谷中心监狱处于高度戒备状态。典狱长林长庚日夜坐在办公室守着电话，乏了就和衣倒在沙发上眯盹会儿。孙处长抽调了几十名精明强干的武装警察，还有白娟和陈丽萍她们，化装成各色职业的人，分成十几支小分队，前往车站、码头、机场。有的混在熙熙攘攘的人流中，在大街小巷巡查；有的待在灯红酒绿的酒吧旅馆，严密监视过往的陌生面孔。总而言之，在一切能想到的地点，他们都安排了监视的人员。用林长庚的话来说，只要机器人大脑袋和那个小不点儿的洋娃娃一露面，绝对逃不出他们的手掌心。

典狱长的心里十分清楚，在目前情况下，他只能把全部赌注都押在这一招上了。

岂料，世上没有不透风的墙，当公安部门在这一带布下天罗地网的时候，那三个劫了珠宝店又劫了典狱长车子的亡命之徒，如惊弓之鸟，坐卧不安。他们发现到处都有警惕的眼睛，遇到的每个人都像是化了装的公安人员，越想越害怕，既不敢贸然投宿住店，也不敢在人多的地方露面，最后只好开着那辆劫来的越野吉普车，专拣人烟稀少的地方躲躲藏藏……

事情发生这天，火辣辣的太阳炙烤大地，山坡的公路上卷起一阵烟尘，那辆越野吉普车像野牛一样横冲直撞而下。幸好公路上没有车辆，也

没有过路的行人。当吉普车开到一座横跨小河的水泥桥上时，它突然熄火，趴在路边不能动弹了。

车上的仨囚犯抬头望去，过桥不远，不到一里地，树丛中隐现出许多房舍，那是一个热闹的桥头镇。因为地处交通要道，来往的车辆多，沿公路两边是一家挨一家的饭铺、小吃店、茶楼，还有专为司机提供服务的修车店、加油站和旅店。

开车的那个脑袋精光的“0078”最先下车，骂骂咧咧道：“真倒霉，汽油用光了，这儿车来车往的，咱们得赶快离开。”

“我饿得前胸贴后脊梁，咱们还是想法喂饱肚子吧。”脸色苍白的“0095”跟在后面，无精打采地伸了伸发酸的双腿，眼睛直勾勾地望着前面的小镇。

年岁最大的“0097”没有搭腔。他比较老练，用警觉的目光四下张望，又朝前走了几步，扶着桥栏朝下望去。

炽热的阳光照得桥下的小河熠熠闪光。河不宽，水很清，河床底下的卵石清晰可见。

“底下有人！”“0097”回过头压低声音，并示意同伴不要大声说话。

那两个囚犯一惊，蹑手蹑脚来到桥栏边，小心翼翼地探头窥望。但是，他们很快放下了心。“嘿，大惊小怪！两个小崽子……”脸色苍白的“0095”白了“0097”一眼，不屑地说。

“0097”仔细一瞧，看清桥下的人不过是两个小孩。不觉感到惭愧。“这几天提心吊胆的，净自个儿吓唬自个……”他解嘲道。

那桥下的孩子一男一女，好像是兄妹俩，他们坐在桥身的阴影里，聚精会神地注视着河水。原来那里聚集了一群黑背白肚皮的小鱼。那个女孩将手中的食物捏碎，然后一块一块扔进河里。

“你瞧，它吞进去了……”女孩高兴地嚷了起来。

“我这儿还有，给你——”男孩从身旁的一个塑料袋里拿出一个圆面包，递给女孩。

“真有意思，鱼吃的食物跟人吃的食物是一样的。”女孩接过面包说。

“也不一定吧，并不是人吃的所有食物鱼都爱吃。”

“不管怎么说，人为什么要吃鱼呢？”女孩仰脸看着男孩说，“鱼多可爱呀！人太残忍了，你说是不是？”

“一点儿不错，我就恨人这一点，他们好像什么都吃……”

那三个囚犯听见两个孩子断断续续的对话，心里有点纳闷。不过，他们太愚钝、太无知，并不理解孩子谈话的实质。他们饥肠辘辘，看见面包被揉成碎末扔进河里，自己的食欲也像河里的鱼儿一样不可遏止了。

“0095”顺手从地上捡了一块小石子，朝桥下扔去。

小石子击中鱼群，受惊的鱼儿顿时无影无踪。

“谁呀？你们干什么？”桥下的男孩抬起头，发现三个陌生的脸孔，不满地嚷道。

“小朋友，对不起，我们不是故意的，”老练的“0097”接过话茬，满脸堆笑道，“我们是过路的。你们是这个镇上的吗？”

“我们也是过路的。”女孩答道，“你们干吗把我的鱼儿吓跑？”

三个囚犯听说他们不是本地人，大为放心，把男孩和女孩叫了上来。“小朋友，我们饿得走不动了，能不能麻烦你们到前面的镇子里给我们买点吃的？”“0097”拿出哄小孩的本事，从口袋里掏出一把崭新的钞票说，“我们不会让你们白干。你们帮忙，我可以给你们很多很多的钱。”

男孩的眼睛在他们三人的脸上扫过，说：“你们开车一会儿就到了，干吗还要让我们去买？”

“唉，汽车没有油了，走不动了。”脑袋精光的“0078”说，“你们最好再给买一桶汽油，一会儿你们可以坐我们的车，愿意到哪儿就送你们到哪儿，行不行？”

女孩一听十分高兴：“太好了，我们正好要去省城！”

“行呀，送你们到省城。”“0097”笑眯眯地说，“不过，你们得赶快到镇上去，先给我们买东西！”

男孩绕着汽车四周转了一圈，欣然同意：“你们要买什么，开个清单吧，我们这就去买。”

“清单？不用了。”“0097”忙说，他列举了几样食品的名称，“你看着办，钱多少不用管，尽量多买，当然太多了你也拿不动；对，顺便再买一条香烟。”

“汽油别忘了，这是油桶。”另一个囚犯将塑料桶递上。

“好吧，你们在这儿等着，我们马上回来。”男孩拉着小女孩，快步朝小镇奔去。

一个小时后，典狱长桌上的电话叫了起来，林长庚抓住电话：“我是1号——”

“1号，我是2号，有重大情况向您汇报。”电话中传来孙处长激动的声音，“我们在桥头镇逮住了那两只小猫，对，我们将他们逮住了！”

听孙处长的声调里带着难以掩饰的兴奋，典狱长完全可以想象出他眉飞色舞的神态。

但是，林长庚听着听着，眉头皱成一团，不待对方讲罢，便粗着嗓子吼道：“见你的鬼，你怎能把他们逮住？这两个机器人是我们尊贵的客人，你要客客气气接待他们，丝毫不能怠慢。我马上就到。我们的事情就指望他们了，你明白吗？”

原来，那两个在河边观鱼的男孩和女孩，不是别人，正是典狱长林长庚要找的机器人大脑袋和机器人洋娃娃——欧仁·桑。在桥头镇一间洁白的小楼里，他们受到孙处长热情得过分的接待。那自然是在孙处长挨了典狱长的一顿批评之后。

这里是桥头镇派出所的接待室，茶几上堆满了好几瓶饮料和时令水果，有香蕉、桃子和切开的大西瓜。孙处长望着两个机器人，满脸堆笑道：“你瞧，你们什么也不吃，我能给你们做点什么呢？林典狱长让我好好招待你们……”

“你快让我们走吧！”大脑袋说，“我们还要赶路，再不走天就快黑了。"

"是呀，我们要到省城去玩。"欧仁·桑嚷道，"这儿一点儿都不好玩……"

"哎哟，小祖宗，你们千万不能走。典狱长马上就到，他有十分紧急的事求你们帮忙。"孙处长央求道。

正说着，林长庚急匆匆地推门而入。"哎呀，老朋友，可找到你们了！"他上前和两个机器人一一握手，"真不容易！你们这一阵子哪儿去了？"

大脑袋一笑："典狱长，我发现你的汽车被别人开走了，而且我觉得十分奇怪，你怎么把三个判了无期徒刑的犯人放出来了，你不认为这是失职吗？"他收敛笑容问道。

林长庚一听，眼睛都瞪直了："你怎么知道得这样清楚？"他转脸问孙处长："是你讲的？"

不待孙处长开口，大脑袋接着说："他并没有说什么，这是我亲眼看到的！"

"你看见什么啦？看见了那几个逃犯？看见了我的汽车？"林长庚迫不及待地问道。

大脑袋笑而不答，只是点点头。

"快告诉我，他们在哪儿？"

大脑袋早就发现了墙上挂的一副军用高倍望远镜。他摘下望远镜，朝窗外指了指，对众人道："朝那边瞧！"

孙处长接过望远镜，典狱长不客气地夺了过去。这一看，着实吃惊不小。在几百米远的公路桥上，停放着一辆熄火的越野吉普，还有三张熟悉的面孔，那分明是劫了珠宝店又劫车的犯人，他们正在阳光下引颈张望，脸上的表情十分焦急。

"看清楚了吧，他们正等着我们给他们送吃的。"大脑袋冷言冷语地说。

"还要一桶汽油。他们的汽车没有油了。"洋娃娃机器人补充道。

典狱长气恼地将望远镜递给一旁的孙处长："好好看看吧！"

这时，站在门口的白娟很识相地拉了拉孙处长的衣襟："孙处长，快行动吧，把那几个家伙抓起来……"

典狱长怒不可遏地冲着孙处长嚷道："你还愣着干什么！马上给我把他们扣起来！"

孙处长又羞又恼，大步跨门而出。"还愣着干什么！你们从背后抄过去，其余的人赶快上车，跟我上桥！"他朝门外的七八名警察嚷道。

一阵嘈杂喧嚣的马达声过后，接待室里只剩下典狱长和两个机器人。林长庚突然想起一件事，问道："我觉得很奇怪，你们怎么会认出那三个人是囚犯？我记得，你们并没有机会接触他们。去年你们在监狱里输入犯人档案时，哪儿也没有去过，对不对？"

大脑袋笑了起来："你说得一点儿不错。不过，你别忘了，我们接触过全部犯人的档案，不光是文字材料，还有他们的照片、指纹和身体特征。只要经过我们的眼睛，没有一个不被我们牢牢记住。"大脑袋虽然是机器人，但也具有人的弱点：对自己的功能颇为自豪，甚至有点得意。

洋娃娃机器人也不甘示弱："这算不了什么。我们发现他们，马上就认出他们是0078、0095、0097，而且我们估计，他们肯定是逃出来的坏蛋，我知道，他们都是判无期徒刑的。"她眉飞色舞地说。

林长庚不愧是老谋深算的警官，他跷起大拇指夸赞道："你们真了不起，我要向上级打报告为你们请功！当然对于你们来说这也许不算什么，但我要号召我们全体警务人员向你们学习。"

他这样一说，大脑袋和洋娃娃都高兴极了。"请功，给我们发勋章吗？"大脑袋问。

"当然，当然，不光要给你们发勋章，电视台、报纸还要宣传你们的事迹呢！"林长庚说到这里，话锋一转，"不过，我还有个问题不太明白，我讲出来你们不会生气吧……"

"嘿，我们都是老朋友，有什么话你就说。"大脑袋说。

"你有问题尽管提出来，我们保证给你解答。"洋娃娃也附和道。

典狱长态度谦和极了，他说："我年纪大了，很多事情都搞不懂，说错了也请别见怪。我是想，你们认出这三个犯人也许是偶然的，或许是输入电脑时把他们的档案记得特别牢，印象特别深，所以给你们撞上了。"他顿了一下，偷偷瞟了两个机器人一眼，"至于中心监狱里五千多犯人的全部档案，那怎么记得清呢？我简直想象不出来。"

两个机器人不听则已，一听这话简直把鼻子都要气歪了——幸好，他俩的鼻子是高分子化合物制作的，十分牢固。

"这么说，你认为我们是吹牛？你不相信我们电脑的记忆功能？"大脑袋气鼓鼓地说。

"太小看机器人了！你以为我们跟你一样糊涂，过目就忘吗？"洋娃娃的脸蛋更红了，她生气时就是这样。

"我不过随便说说，别生气。"典狱长慌忙解释道，"我在中心监狱工作了大半辈子，天天见那些犯人，可我却记不清他们的姓名，更甭提什么身体特征、指纹、案情，所以我就想，你们在那里才待了几天，怎么可能记得那么牢。"

"这么说，你还是不相信。要不要我们表演给你看看？"大脑袋气恼地问。

"不必，不必。再说，这里也没法表演。"典狱长连连摆手。

"不，一定要表演给他瞧瞧。大脑袋，他太小看机器人了。"洋娃娃执拗地说。

"对，我们索性再到玫瑰谷住几天，一定要让你瞧瞧。怎么样？"大脑袋挑战似的说。

"那……那恭敬不如从命。既然你们要让我开开眼界，让我这个糊里糊涂的老家伙长点见识，我一定遵命。"

典狱长说罢，朝门外一辆车喊了一声："请两位小客人上车！"

典狱长带着两个机器人坐上小汽车，驶出了桥头镇。小汽车开到公路桥时，那里的一场不流血的格斗，也漂亮地结束了，孙处长押着三个灰溜溜的囚犯迎面而来。

“喂，老孙，我的车呢？”典狱长脸上露出笑容，高声喊道。

“送去修了，要大修！”

“真糟糕，损失太大了。”典狱长故作懊丧地说，嘴角却浮现出胜利的微笑。

因为他知道，在智商方面，他毕竟比两个机器人智高一筹。

接下来发生的事不用多讲也可想而知。两个争强好胜的小机器人为了露了一手，将他们电脑里储存的信息全部输入计算机，几千犯人的档案一字不漏地复原了。这当然正是典狱长林长庚求之不得的。

不过，这一回，林长庚长了个心眼，他在每台计算机上都配备了防病毒的磁卡。

“有了这玩意儿，再也不怕病毒了。”他对白娟和陈丽萍说。

“对，这回，电脑打了‘防疫针’，可以放心了。”白娟笑得很开心。

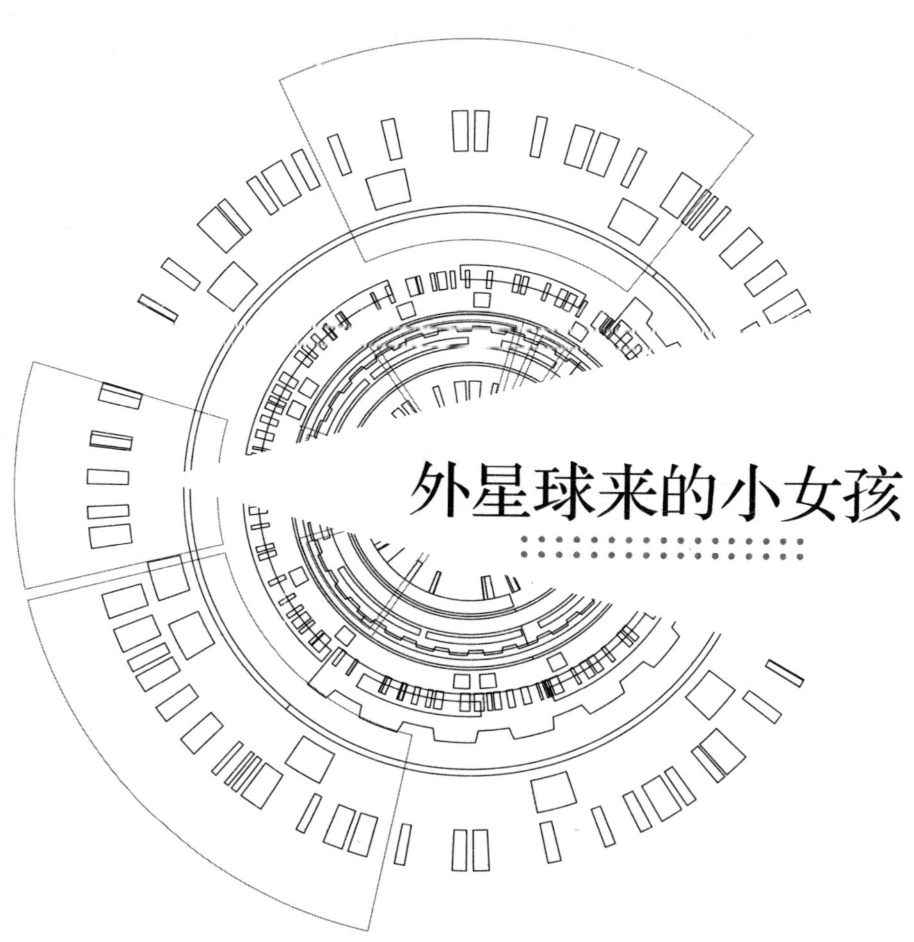

外星球来的小女孩

一

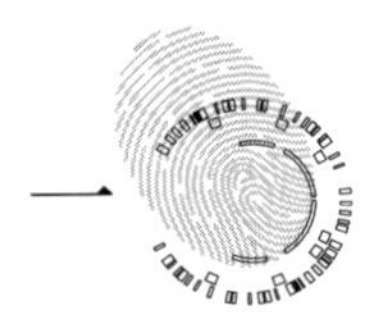

刘大嫂翻过身来，朦胧中只觉得眯盹了一会儿，睁开眼睛一瞧，玻璃窗上透出蛋青色的曙光。她心里直抱怨自己怎么睡得这样死，窸窸窣窣下了床。

“啪”的一声，躺在被窝里的刘宽伸手拉亮了电灯。

“唉，你一夜没合眼，起这么早干吗？”刘宽坐起来，倚着床头，摸着枕头旁的香烟盆。

妻子用歉意的目光望着丈夫。“你睡上一会儿吧，今天的事情还多着呢……”她本不想惊动他，到底还是把他吵醒了，他也许和自己一样，压根儿也没合眼吧。

刘宽没有吱声，闷声不响地吸着烟。“我真后悔呀，悔不该那天带孩子上街，要不，也不会惹出这档子事情……”他喃喃地说。

这番话勾起刘大嫂满腹辛酸，泪水顿时在眼眶里打转转。她的目光落在椅子上，那里放着一双刚上好的花布鞋，是她给女儿小霞连夜赶做出来的。她下意识地把鞋拿在手里端详着，用手摸着那柔软的缀满碎花图案的缎子鞋面，忍不住把脸颊贴着那双小巧的童鞋，呜呜地抽泣起来……

刘宽长叹一声，把手放在妻子抽动的肩头，他完全理解一个做娘的悲痛心情，可是苦于找不到安慰妻子的言语。

“孩子他娘，让孩子多睡一会儿，别把她弄醒了……”他压低声音道。

这话提醒了刘大嫂，她顺从地撩起衣襟，揉了揉酸涩的眼睛，随即关了电灯，蹑手蹑脚走出房门。

“你睡吧……”临了，她又叮嘱了一句。

二

刘宽的睡意早已消失得无影无踪。

他披衣起床，推开窗户，一阵清凉的带着咸味的海风迎面吹来，他深深地吸了几口。

晨光熹微，透过窗前几棵树影婆娑的椰子树，一眼可以望见潮水上涨的海湾和岸边晨雾飘逸的红树林。海湾不大，形状却很奇特。倘若从半空俯瞰，仿佛碧波之上浮着一个圆圆的铁环，那铁环之中就是深深的海湾；而那圆形的铁环是一串露出水面不到一米的大小礁石，犬牙交错，无法航行。所幸的是，海湾朝东之处，有一道四五十米宽的缺口，这就是船只进进出出的唯一通道了。

刘宽的视线移向远处隐隐约约的缺口，那边的天际泛出淡淡的鱼肚白。是的，他想起了，是那不知经过了多少趟的航道，他在那里亲眼看见了一件令人惊心动魄的怪事，而且，从那时起，他的生活发生了意想不到的变化……

五年前那天晚上发生的事，他连细节都记得清清楚楚。那是一次十分令人沮丧的航程。他和妻子驾着自家新下水的机帆船——“飞鱼”号，在海上足足跑了三天，连个鱼影子也没有碰到。刘宽的心情十分烦躁，偏偏这时候，他们的小宝贝——不满七岁的小龙哭个不停。不管刘大嫂怎样哄他，孩子依然啼哭不止，到后来连嗓子都哭哑了。

烈日凌空，吹来的海风像热蒸汽一样灼人，刘宽望着大汗淋漓的妻子，十分不安地问："这个孩子，这回莫不是病了吧？"

刘大嫂摸了摸小龙的额头，并没有发烧的迹象，她稍稍安下心来。

"孩子他爹，天气热得厉害，咱们还是赶快回去吧……"

站在驾驶台的刘宽脸色阴沉，好半天没有吭声。他并不是不顾念老婆孩子。这样异乎寻常的炎热和海上的颠簸，不用说小龙这样娇嫩的孩子，就连他这个膀大腰圆的铁汉子也吃不消了，可是想到贷款买下的这艘渔船，还欠银行几万元钱，怎能空着船回去呢……

刘大嫂见丈夫没有回答，心里明白他心里的盘算。她一面哄着哇哇直哭的孩子，一面赌气地说："好吧，我们娘儿俩就死在海里算了，你这个铁石心肠的……"

她的话还未说完，刘宽却在一旁惊叫起来："孩子他娘，你瞧！"

船头前方，海水像开了锅似的骚动着，无数的气泡发出吡吡的声响。那蔚蓝色的波浪变得浑浊起来，像是一锅土黄色的泥浆，这还不算，沸腾的浪头上，漂着无数翻肚皮的死鱼，灼热的空气中夹杂着令人窒息的腥臭味。

刘宽和刘大嫂被眼前的情景惊呆了。他们顿时明白为什么几天都捕不到鱼了。刘宽立即掉转船头，开足最大的马力，像逃避瘟疫一样迅速向燕窝岛驶去……

几个小时后，灼热的太阳沉到海底去了，夜色的帐幕罩在头顶，看不见满天星斗，也不见燕窝岛的灯塔射出的灯光，往常天气晴好，那熟悉的灯光几里之外就能发现。空气依然闷热，仿佛钻进了蒸笼，叫人喘不过气来。黑暗中只听见船舷两旁的海浪汹涌咆哮，仿佛是千万只海怪在兴风作浪，使人不胜恐怖。

刘宽和妻子不由得靠在一起，他们谁也不愿开口，只是睁大眼睛辨别方向，盼望快一点回到温暖的家。

蓦地，一道雪亮的白光划破了夜幕，仿佛一盏比太阳还要明亮的大灯悬在半空。刘宽发现海湾的出口近在眼前，那扼守着海湾通道的高大礁石正对着船首。眼看船就要碰上礁石，在这一刹那，他猛地拨动船头，朝着相反方向疾驰而去。仅仅几秒钟工夫，船身避开了迎面的礁石，却冲上对面陡崖下的沙滩，在松软的沙地搁浅了……

万幸的是，这突如其来的险情并没有造成人身伤亡，刘宽的胳膊擦破了一块皮，妻子和孩子都安然无恙。他们从惊恐中清醒过来，爬出船舱，双脚踏上软绵绵的沙地。

说不清是由于一种超自然力的驱使，还是人的本能在暗中发挥作用，这一家人脱险后的第一个反应是不顾一切地朝陡崖爬去，似乎冥冥之中有人在驱赶他们快快离开大海。不多一会儿，刘宽一家登上陡崖顶巅，那里有一座废弃的水泥碉堡，据说是日本人留下的。

他们像梦游者一样在杂草丛生的碉堡里安顿下来，这时才如梦初醒。“怎么天空会突然这么亮呢？”刘宽和妻子不约而同想到这样的怪事，把脸转向碉堡敞开的门洞。

这时，在燕窝岛的海湾上空，他们看见一个通红的火球以极快的速度朝下俯冲，形状酷似一只两头尖尖的纺锤，遍体发出令人目眩的光芒。刹那间，海湾周围的礁石和燕窝岛的山岩、树林以及高高的灯塔，映照得如同白昼。那纺锤似的火球下降的速度愈来愈快，刺眼的白光使他们不得不合上眼睛。在他们转过脸去的瞬间，石破天惊的一声巨响仿佛就在耳畔炸开，顿时，一股声浪像无形的手猛击过来，把他们双双推倒在地……

“哇”的一声，刘大嫂怀中的小龙扯起嗓子大哭起来。

三

刘大嫂踮起脚尖朝孩子的卧室走去。

这间足有二十平方米的房间用花布帘一分为二。外间，凌乱不堪，堆满五颜六色的画报和尚未完工的兵舰模型，那是小龙最心爱之物。他如今已经长成虎头虎脑的少年，和燕窝岛渔民的孩子一样，扎猛子，挖海参，摇着小舢板独自到十几里外的大陆上卖海货，早已不在话下。如果不是因为上学念书，他早是父亲的得力帮手。

刘大嫂掀开布帘，轻手轻脚走向里间。这里是小女儿的卧房。也许是他们特别偏爱女儿，房间里井井有条地放着各式各样新式的玩具和电动洋娃娃。靠近窗户，摆着一架多功能的电子琴，那在燕窝岛上也是稀罕之物。刘大嫂走到小女儿的床前，伸手撩开薄薄的尼龙蚊帐。小霞睡得很香，睡梦中依然笑得甜甜的，像个可爱的小天使。她把一双新布鞋轻轻放在枕头旁边，俯下身来，在那红扑扑的小脸蛋上深情地吻着……

就在这时，她分明听见一阵嘤嘤啜泣，从布帘的那一边传来。刘大嫂立即给女儿掖好被子，走到小龙的床前。

朦胧的晨光中，小龙坐在床上，把头埋在双膝之间。这个十二岁的男孩肩膀不住地抽动，哭得十分伤心。

刘大嫂一阵酸楚，手摸着小龙头发蓬乱的脑袋，小龙猛地双手抱着母亲："妈，我不要妹妹走！我不要妹妹走！我从今以后再不惹你生气……求求你，行不行……"

刘大嫂立即用手捂住小龙的嘴，生怕他惊醒了旁边的女儿。半晌，她抽噎着说："妈妈也不愿意小霞走呀……"

“那你们干吗要把妹妹送给别人？”小龙仰脸问道。

这句话像刀子一样戳在刘大嫂的心窝，那憋在心底好几年的往事涌上心头。她觉得，事到如今，不能再瞒着小龙了，她应该把小霞的身世来历原原本本告诉儿子。

她把小龙领出房间，母子俩一起来到门外的椰子树下。“小霞不是你的亲妹妹，她不是我生的，是你爹在海上捡来的……”刘大嫂的目光凝视着霞光升起的天际，用平静的声调说。

五年前的那天晚上，一颗灿若太阳的火球坠落在海湾里。当他们夫妻苏醒过来时，天已大亮。他们恍若做了一场噩梦，十分奇怪怎么会睡在碉堡里，又是怎样登上那陡峭难行的礁岩的。不过，当时他们来不及细想种种离奇的怪事，刘宽一心记挂他的那艘“飞鱼”号，飞快地跑上陡崖，直奔那涨潮的海滩。

刘大嫂怀里抱着昏睡的小龙，小心翼翼地踩着尖利的岩石，一只手攀缘石缝里的灌木，所以走得很慢。

“你爹下到海滩，发现船还好好的，心里一块石头落了地。这时正好涨潮，在沙滩上搁浅的船大半截浸在水里，用力推了推也就漂起来了。他系好船，转过身要来接我们，忽然听见有小孩的哭声，起先他以为是你在哭呢，可是哭声是从海湾里传过来的，你爹吓了一跳，他回过头朝海湾里瞅着，波浪里漂着一只黄色的救生筏，朝霞照得筏子金光灿灿。他定神瞧着忽沉忽浮的筏子，发现那上面系着一个啼哭的婴儿，长得好漂亮……”刘大嫂回忆这段往事时，仿佛看见丈夫不顾一切地跳到海里，奋力朝救生筏游去。她自己也三步并作两步走下陡崖，奔向海浪汹涌的海滩。不多一会儿，刘宽满身是水，怀里抱着婴儿走上岸来，那只小巧的黄色救生筏也一并被拖上来了。这个从海上救起的婴儿，从此被刘宽夫妇收养下来，成为这个渔民家庭的一员，他们给孩子起了个好听的名字——小霞，以纪念那个霞光满天的早晨……

在一旁听得入神的小龙，第一次知道妹妹的身世来历，心里更加不是滋味。他和小霞情同手足，现在妹妹却要离开他，这对于十二岁的他是不可思议的。而且，为什么不早不迟，一直过了五年，小霞家里的人才来找她呢？会不会是一个骗局？他心里这样盘算，接着向母亲提出疑问。

“你忘了是你把那个救生筏从阁楼里找出来的吗？”不知什么时候，刘宽走到小龙身旁，把手放在他的头上，说，“是那个救生筏把小霞的亲生父亲招来的，这是谁也没有料到的事……”

“是我？”小龙痛苦地大叫一声。

四

星期六放学回家，听说父亲第二天带他们兄妹俩到县城赶集，小龙和小霞欢欣雀跃。

县城在燕窝岛西边的大陆上，在小龙的印象里，那可是一个非常漂亮的城市，好玩的地方太多了。

“明天你要睡懒觉，就把你一个人留在家里。”小龙存心逗着妹妹。

“你才睡懒觉哩，‘懒婆娘，懒婆娘，日照三竿不起床’……”小霞虽然才六岁多一点，嘴巴可不饶人。

“好吧，今天晚上你就别眨眼，一直坐到大天亮，行不行？”

“你才那么傻瓜蛋呢，”小霞不受骗，答道，“我让妈第一个叫醒我。”

“你也不害羞，”小龙用指头刮自己的脸皮，冲着小霞说，“还要妈妈叫你，羞啊，羞啊。”说罢，他像猴子一样跳上楼梯，一眨眼蹿进阁楼里去了。

"你才羞呢……"小霞跟在哥哥屁股后面，吃力地登上梯子。

小龙见妹妹跟上来，连忙猫下腰。他一使劲，连拉带拽，把小霞提了上来。

低矮的阁楼堆满闲置不用的杂物，破渔网，旧箩筐，还有些缺胳膊短腿的旧家具，到处尘封垢积，挂着蜘蛛网。但是在孩子们眼里，这儿却是一个神秘的地方，尤其是小龙，他在阁楼的角落里有个隐秘的贮藏室，放着他从海里搜获的猎物，有晾干的海星，有五光十色的唐冠螺和虎斑贝，全都放在一个很大的旧木箱内。

"哥，你干什么呀？"小霞看见小龙把海星和贝壳装进一只帆布书包，不解地问。

"傻丫头，拿到城里可以卖钱呀！"

"卖钱干什么？"

"卖钱，用处大呀，哥给你买小人书，给你买冰激凌，你要啥就给你买啥，好不好？"

小霞心里乐开了花，连忙伸出小手，从木箱里抓出一只非常漂亮的贝壳。那是一枚极其罕见的宝贝，色彩绚丽，非常可爱。

"嘿，别动这个，这个可不能卖……"小龙说。

"干吗这个不卖呀？"

"我留着呢，"小龙指着木箱里剩下的贝壳说，"咱们把最好的贝壳留下来，谁也不给。"

小霞似乎受到哥哥的感染，赞同地点点头。然后，她独自跑到一边玩去了。

当小龙把帆布书包塞得满满的，打算下楼时，小霞却钻到堆满渔网的角落，在那里大喊大叫："哥，这是什么？"

斜坡顶的阁楼两边越来越低，小龙只好匍匐在地板上朝那边爬去。昏暗的角落堆着卷成一团的东西，外面用塑料布包得严严实实，但是从黑暗中分明可以看出，那塑料布包裹的物件散射出一闪一闪的金色光点。

小龙觉得奇怪，以前怎么没有发现这里还有一包东西呢，也许他压根儿就没有注意那个角落。

兄妹俩好不容易把那包东西拖出来，好奇心驱使他们解开捆绑的绳子，打开沾满灰尘的塑料布，不料那里面的物体像压扁的弹簧一样弹了起来，搅得满屋是灰。等他们睁开眼睛，地板上竟然躺着一只软绵绵的小船，极像海滨游泳场常见的橡皮筏，只是它的分量很轻，仿佛是纸扎的玩具。

两个孩子不消说有多高兴，他们小声嘀咕着，然后把它照原样卷成一个小包，悄悄地回到房里。为了保险起见，他们又把它藏在小龙的床铺底下。

第二天清晨，刘宽领着两个孩子上了船。当“飞鱼”号像小马驹在海湾宁静的水面上欢快地疾驰时，刘宽听见身后的船尾爆发出一阵欢笑声。“小龙，你搞什么鬼名堂！”他大声喝道，连忙转过头去，这下可把他惊呆了。

原来，小龙和小霞都不在船上，他们双双坐在那艘黄色的救生筏上，尾随着“飞鱼”号疾驰而来，刘宽一时慌了神，急忙关机停船，只听见救生筏上的小霞叫了一声“停”，那只救生筏即刻就停住了。

刘宽大步走向船尾，他疑惑不解地看看救生筏，又看看船尾，居然没有系上缆绳。那个救生筏没有动力，怎么会自己启动呢？而且，救生筏看起来很单薄，却承受得住两个孩子的重量，这也是不可思议的事。

他已经顾不上盘问小龙，再一次跑到船头开动机器，也怪，当“飞鱼”号开动时，后面的救生筏也飞快地跑起来。在孩子们的欢呼声中，它跑得越来越欢，转眼之间，救生筏超过了“飞鱼”号，很快穿过海湾狭窄的航道，向远方的陆地驶去。

"喂，你们慢点……"刘宽慌忙喊叫起来。

救生筏的速度慢了下来，刘宽追上前去，把"飞鱼"号靠近救生筏。他把两个孩子叫上船，又把救生筏拖上来。"怎么回事，它自己怎么会开呢？"刘宽困惑的目光在小龙的脸上转悠。

"我也不知道，"小龙摇摇头，"把它放下水，我们一上去，小霞说了一声'开船啰'，它就跑起来了……"

"小霞……小霞喊的？"刘宽急问。

站在一旁的小霞像个小喜鹊抢着答道："嗯，是我说的，我叫它开就开，叫它停就停！"

这番回答听起来就像神话，刘宽心里不禁十分纳闷。他用手拎起软塌塌的救生筏，翻来倒去看个究竟，然而除了发现筏子尾部拖了一根一米多长的金属线，根本看不出有什么名堂。

这时，天空传来嗡嗡的响声，一架蜻蜓般的直升机出现在蓝天，朝着他们头顶飞过来，孩子们的注意力转向那围着船兜圈子的直升机，兴奋得大喊大叫。心事重重的刘宽连忙收起救生筏，把它卷起来扔进船舱，然后开足马力，朝前面的陆地开去。

然而，那架来历不明的直升机，始终若即若离地追踪海中的这条渔船，直到它停泊在县城码头上，这才改变方向，消失在远方的天际……

五

星期日的县城到处人山人海，热闹非凡。刘宽领着两个孩子逛了几家商店，买了些衣服和日用品，来到城南的儿童公园。父子三人在树荫下的茶座用了些点心和饮料，小霞不等吃完，心急地催促道："哥，快点，咱们去坐飞船呀！”

她指的是离茶座只有一箭之地的儿童游乐场，那里新添了电动滑车和许多新奇的玩意儿。

小龙心里也早就惦记着游乐场，他一口气喝干大半瓶汽水，拉着小霞就跑。

“哎，给你钱买票！”刘宽喊道。

“不用了，我这里有。”小龙回过头说。

“我在这儿等你们，小心点！”刘宽又补充了一句。

孩子们跑进了欢声不绝的游乐场，刘宽安心地坐在椅子上。他请服务员沏了一壶乌龙茶，自斟自饮，但他的视线始终没有离开两个孩子的身影。

“这两个孩子长得真可爱，是你的孩子吗？”不知什么时候，旁边的椅子上坐了个爱刨根问底的人。

刘宽没有在意，仍然望着电动滑车上的孩子，漫不经心地应道：“嗯，你瞧这两个活宝，玩得有多开心……看到孩子的笑脸，做父母的再苦再累也值得呀……”

“你说得一点儿不错，看得出来你是个疼爱孩子的人。”那人接过话茬说，“不过，你能否告诉我，那个小女孩是你的孩子吗？”

刘宽听见陌生人冒出这番话，神经如同被烙铁烫了一下，脸色陡变，立即转过脸来，喝问：“你是什么意思……你……你是谁？”

刘宽的目光一接触到和他说话的陌生人，不禁倒吸了一口凉气。此人身材异常高大，那双手和硕大的头颅使人望而生畏。看样子他年纪不大，却长着满脸络腮胡子，一顶配有防风镜的飞行帽歪扣在头上，身上穿一件皮革的夹克衫。他的目光是温驯、善良的。在他身旁，立着一只大手提箱，像是出远门的人。

大概是觉察出刘宽冷漠的表情，陌生人冲他笑了笑：“我们交个朋友吧，怎么样？”

“我……我从来不认识你……”刘宽避开他伸过来的巨掌，嗫嚅道。

“虽然初次见面，但我对你和你一家的感谢之情是不能用言语表达的。我感谢你给我带来的幸福和希望，为了这个，我愿意和你成为好朋友。”陌生人的态度很诚恳。

刘宽被弄糊涂了：“你……你认错了人吧，你跟我说这些干啥？”

“不，是你，我没有认错人。我找了你五年，整整五年啊……请不要打断我的话，我知道，是你救了我的女儿，而且把她当作自己的亲骨肉抚养这么大。看到她这么幸福，我心里真不知道怎样感谢你。我想，你也许以为我在骗你，或者认为我的神经有毛病。不过，如果你看看这盘录像带，你就会相信我说的话是没有半点虚假的。”

陌生人说到这里，把手提箱放在小圆桌上。他用大拇指碰了碰把手旁边的感光键——这是一种指纹密码锁，箱盖自动弹开，刘宽发现这箱盖里面竟是一个很薄的荧光屏。“请你坐过来一点……”陌生人按了按箱内的按键，那直立的箱盖即刻出现闪动的影像。

“好轻巧的录像机……”刘宽心里不由暗暗称赞，“怎么市面上没见过？”

“是的，地球上目前还不能生产，不过二十年后肯定会风行世界……”陌生人随口答道。

刘宽吃了一惊，这人怎么会猜到他的心思呢？他觉得越来越不可思议。

“你看看这个就会明白的。”陌生人又说。

刘宽顺从地注视着荧光屏。那上面起初是黑洞洞的天空，繁星闪烁，还有许多急驰而逝的流星。接着，画面出现一艘飞船。多奇怪，这艘飞船是纺锤形的，两头尖尖是前后驾驶舱，一个戴着飞行帽的男人坐在前舱，后舱是一个漂亮的年轻女人，也戴着飞行帽，怀里还有一个婴儿，是的，襁褓中的小女孩。女孩的相貌，刘宽好像在哪里见过。他们通过无线电传话器谈笑着。忽然，飞船发出通红通红的火光，前方出现一个蓝色的星球，星球越来越大，占据整个画面。奇怪的是，接踵而来的画面竟是刘宽熟悉的燕窝岛的海湾，海湾中烟雾腾腾，四处弥漫。在海湾的中心出现一片火光，那火光分明来自海底深处的一个巨大孔穴，骚动的海水开始沸腾。飞船上的男人和女人忙乱起来，他们争辩着，好像是在讨论某个重大决定。但是那个女人不由分说，突然按动面前仪表盘的揿钮，刹那间，那前舱的男人从飞船中弹了出来，那个襁褓中的婴儿也裹在黄色救生筏中，被送出船舱。而那个年轻的女人继续驾着飞船，朝海底冒出火光的地方冲去……

录像带播完后，陌生人沉默片刻，用平静的声调对惊愕不已的刘宽说："这就是我要告诉你的一切。实不相瞒，我们来自一个遥远的星球。当我们到达地球的一刹那，发生了一件意外的事情，因而改变了我们的命运。正像你看到的，你们的那个海湾实际上是座海底火山，当我们看见火山即将爆发，将要危及你们的生命时，我和我的妻子发生了争执。我打算另找降落地点，但我的妻子却执意反对，她说她听见一个孩子的哭声，这当然是仪器捕捉到的信息。于是作为一位可敬的母亲，她毅然做出那样高尚的行为。她把生的希望留给了我和我们的女儿，也留给了不相识的地球人，自己却做了死的选择。她独自驾着飞船，用飞船的力量制止了一次海底火山爆发，而她……"

刘宽的思路渐渐清晰起来，坠入海湾的火球，小龙的啼哭，大海的骚动，漂浮的死鱼，以及那令人窒息的闷热，这些记忆的碎片似乎被一根线串起来，不再是孤立的毫不相干的现象。看来是那个飞船上的女人救了他们一家，这是确凿无疑的。

"她……还活着吗？"刘宽忙问。

陌生人点点头说："活着，但她的伤势很重，也许只有回到我们的星球上才能治好。”

“那你们为什么不早些来找小霞呢？”刘宽的话脱口而出，却又后悔了。

陌生人会意地笑了笑：“有些情况不是三言两语说得清的，主要原因是我们对地球了解得太少，而我降落在离这儿很远的一个沙漠里。为了找到妻子和女儿的下落，我整整用了五年时间。谢天谢地，在我几乎绝望的时候，我终于找到了我的女儿，对了，你叫她什么？小霞，多好听的名字……”

“我还是不明白，你怎么认定小霞就是你的女儿呢？”刘宽提出他最关心的问题。

陌生人的手放在刘宽的手上，轻轻按了按：“你不是看了录像吗？那上面有她的镜头是不是？你该知道，我女儿随身还有一件万能救生衣，那是你们星球上还没有的……”

“你是说那个救生筏？”

“对，它不需要任何动力装置，准确地说，是不需要你们常用的机械就可以航行。它利用的能量是多元的，引力场、磁力、热，甚至波浪的运动，用我们的术语来讲，它是万能动力系统。对了，你也许注意到了，它是用意念和语言操纵的，而且只适用于我的女儿，这是我专为她设计的。”说到这儿，陌生人盖上箱子，补充道，“当然，我在设计它时犯了一个错误，没有考虑到万能救生衣一旦离开了水，它就失去动力来源，无法发出求救的信号，因此，我很长时间始终找不到女儿的下落……”

“这么说，刚才的直升机是你开的？”

陌生人点点头：“是的，我突然接收到求救的信号，马上就驾着直升机飞到那个海湾。”

刘宽默然了，他双手抱头，陷入无法自拔的痛苦之中。陌生人讲的话，他有些不太懂，但小霞是别人的女儿，却是无法否认的事实。他虽然把小霞视作亲骨肉，可有什么理由不让她回到亲生的父母身边呢？

“你什么时候带……她……走？”思索好一会儿，刘宽抬起头，声音哽咽地问。

陌生人显然被刘宽的豁达大度深深打动了，他紧紧握住刘宽粗糙的手，好半天才说：“谢谢您，永远地感谢……我手边还有事要办，十天后我找你。”临了，他又郑重地说：“你们全家，对了，还有岛上所有的人，十天之内都要离开那儿，永远地离开，我负责给你们找好新的住地……”

六

燕窝岛的黎明是无比美丽的。那壮丽的日出、霞光灿烂的天空和流光溢彩的海湾，多少年来已是司空见惯，然而想到这是燕窝岛最后的一次黎明，从今以后再也无法重睹故乡这般美丽的景致，刘宽和妻子不禁伤心地落下泪来。

当然，除了故土难离的悲愁，他们还为即将失去亲爱的女儿黯然神伤。他们无法表达对女儿的爱恋之情，只能用人世间最淳朴的、最普通的方式表达自己的心意。刘大嫂含着泪在厨房里做了几样小霞平日最爱吃的饭菜，还特地蒸了一笼屉豆沙包子，好让她带在路上吃。她无法想象女儿要去的地方有多么遥远，因为她出嫁以来最远才到过县城。刘宽抡起斧子做了一只大木箱，把女儿的玩具和心爱的电子琴统统装进去。只有小龙站在门前的椰子树下默默流泪。他想不通小霞为什么不是他的妹妹，想不通相依为命的妹妹为什么要永远永远地离开，他还想不通他们为什么将要离开燕窝岛……一万个想不通。

天空中传来嗡嗡的响声，那架熟悉的直升机掠过海湾上空，径直朝椰子树这边飞来。刘大嫂慌慌张张抱着刚穿好衣服的小霞失声痛哭；刘宽双眼失神地望着那架徐徐降落的飞机，突然他蹲在地上用拳头猛砸地面。小龙猛地一惊，拔腿跑进大门，一口气跑上阁楼。他钻进贮藏室，把旧木箱里的贝壳统统倒了出来……

当小龙把最漂亮的贝壳装进一个纸盒，快步走出大门时，要运走的东西已搬上了机舱，刘宽和妻子抹着泪，和小霞依依惜别。陌生人含着泪和刘宽夫妇一一握别，终于抱着小霞大踏步地走向直升机。

“小霞，等一等，贝壳！”小龙拼命喊道。

他一口气追上了他们，把沾满泪水的脸颊紧贴在小霞的腮帮上。“小霞……别忘了给哥捎个信来……”小龙眼泪汪汪地说。

“哥，我过几天就回来……”小霞天真地说。

陌生人紧紧搂着小龙：“亲爱的孩子，我们永远忘不了你们……”

当天晚上，县城新落成的一幢高层建筑的单元房里，小龙默默地站在大玻璃窗前。他们是按照陌生人的安排，和岛上所有的渔民搬进这座现代化的渔民新村的。夜已深，他们却没有睡意，几天来发生的一切使他们神思恍惚，他们简直难以相信这一切会是真的。

“孩子他爹，这不是一场噩梦吧……”刘大嫂坐在软塌塌的沙发上长吁短叹，喃喃地说，“我们的小霞怎么一下子就没有了呢？”

刘宽愁眉不展地坐在一旁，拼命地抽烟。

“要是知道在什么地方，孩子头疼脑热，咱们还可以去瞧瞧她，可现在到哪儿去找呢……”刘大嫂说罢，眼泪禁不住又淌了下来。

站在窗前的小龙突然惊叫道：“爹，娘，快来看！”刘宽和妻子慌忙走到窗前，担心的事终于发生了。这里，面朝大海，白天可以清晰地望见远方的燕窝岛和环状的海湾。可是此刻，他们看见黑暗中一片耀眼的火光，那火光从大海中升起，先是一星半点，像是海中的渔火。蓦地，一声霹雷似的爆炸声从远方传来，顿时，一团长长的火球从海底腾空而起，跃入天空，像一枚从海底射出的火箭。黑夜被映照得如同白昼，强烈的白光使人睁不开眼睛。小龙立即用双手捂住耳朵，正在这时，那沉默的海底火山从环状海湾的深处轰然爆发……

那照亮夜空的火球飞速升空，在县城上空盘桓片刻，旋即以不可思议的速度朝茫茫的夜空飞去，飞去……

从惊愕中醒来的刘大嫂向着那飞快离去的火球大声悲号："我的小霞……"

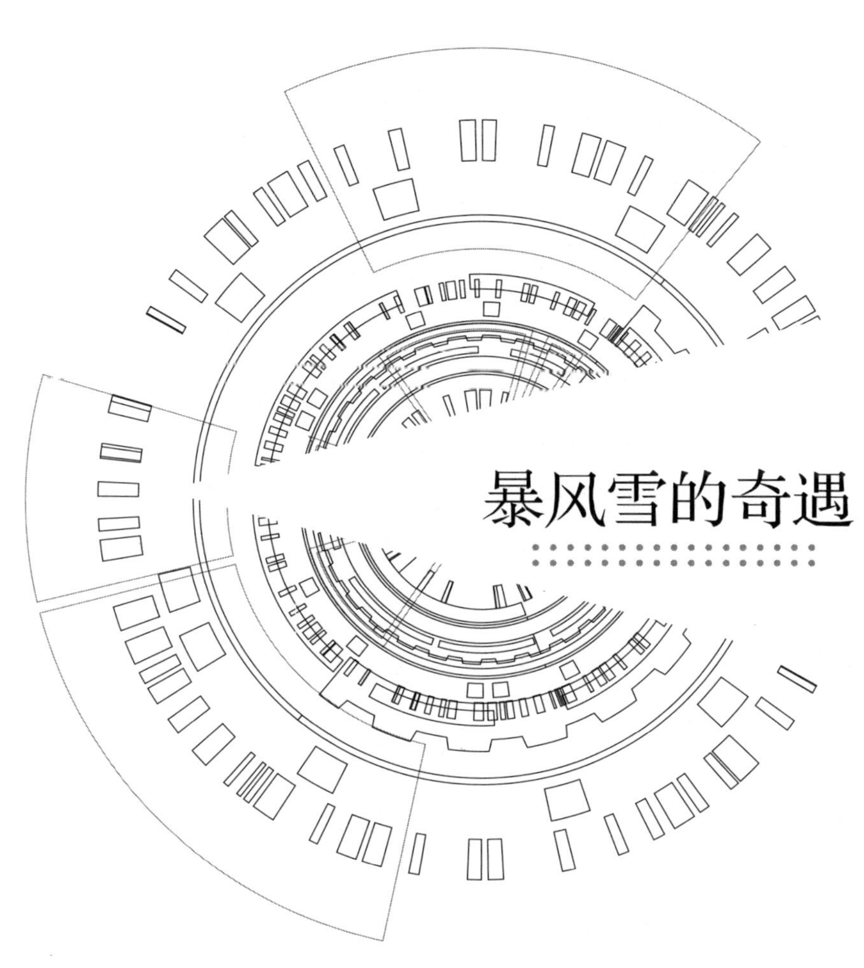

暴风雪的奇遇

尖厉刺耳的怪声把我从朦胧中惊醒，我急忙翻身而起，脑袋突然重重挨了一下——我这才想起，我是在火车软卧车厢的上铺……

是紧急刹车的声音把我惊醒了。其实不光是我，所有的旅客都被这突如其来的钢铁摩擦声惊醒了。车厢剧烈地晃动了几下，很快停了下来。

“怎么回事？”我高声问道，同时还有好几个人异口同声地询问。

我急忙跳下铺位，撩开一角窗帘，贴着玻璃向外望去。

腕上的夜光表告诉我，此刻已是深夜两点二十七分。窗外不知什么时候下了雪，漆黑的天幕纷纷扬扬地飞旋着大团大团的雪花，白茫茫一片。列车像是突然开进了海滨的盐田，使人无从看清这是什么地方，也无法知道火车为什么突然停了。

很快，那熟悉的女广播员的声音把消息告诉了每个满腹疑团的旅客。真不走运，我们这趟特快列车遇到了一场罕见的暴风雪，铁轨被一米多深的积雪掩埋了，而且据气象台预报，这场大雪在一个星期之内是没有希望停住的。接着，列车长通知全体旅客，必须立即下车，转移到离这里约两公里的一个小镇。

抱怨，发牢骚，怨天尤人，统统无济于事。我只能埋怨自己不该乘这趟列车，如果坐飞机的话……可是，说这些管什么用？我穿上大衣，拎起一只不轻的旅行箱，默默地夹在人流中，向暴风雪的旷野走去。

我简直难以形容眼前的混乱局面。想想看，在这般天寒地冻的深夜，近两千名旅客突然从温暖的车厢被驱逐到风雪荒原上，那情景就像一群羊在暴风雪中挣扎似的。霎时间，呼儿唤女、哭爹叫娘的声音不绝于耳，黑压压的人头在眼前攒动。老天爷这时仿佛故意刁难人，又刮起一阵猛似一阵的狂风。大块的雪团和细小的沙粒被风卷起扑打着人们的脸，使人喘不过气来。呼啸的风声、杂沓的脚步声、孩子的哭声和不知是由于恐惧还是因为不小心摔倒在雪地上发出的呜咽声混杂在一起，使人不由得想起战火纷飞中逃难的人们。我记得，那也是在这样一个漆黑的风雪之夜……

我正在这样漫无边际地遐想，忽然，不知是谁——听声音好像是列车长，用手提式半导体扩音器威严而又亲切地发出命令：“公民们……全体乘客们，我们遇到了暴风雪……请志愿者站到前边来……”

钢铁般的声音，在暴风雪面前显示出它那无坚不摧的威力。我大踏步地踩着嘎嘎作响的积雪，像听见冲锋的号令似的越过走在前面的旅客。很快，一支半圆形的黑压压的队伍围住了那个小个子的列车长。黑暗中看不清每个人的脸孔，但是可以肯定，他们都在听候他的召唤。

旷野上的骚动顿时停息下来，只有列车长嘹亮的声音传播得很远，很远。

“公民们，为了确保全体旅客安全到达S镇，我们决定组织一支包括老、中、青、妇女的志愿救护队。我们要立即行动起来，由一部分人在前面负责开路，因为我们马上要通过一个山口，这里风大雪深，随时可能发生危险。其他的人要把旅客们组织起来，编成小组，保证每个旅客的人身安全，决不能让一个人掉队……”

列车长后来还说了些什么，我没有听见，因为我和另外两个年纪比较大的旅客接受了一项新的任务，那是一个年轻的女列车员把我们三人带到一旁悄悄布置的。

“你们三位和我一道，分头找每个旅客了解一下，谁睡觉打呼噜，就在他的车票上打一个记号。”女列车员诡秘地说。

“姑娘，马上就行动吗？”站在我身旁的一个表情严肃、有点学者模样的老头轻声问。

女列车员点点头，同时塞给我们每人一支红蓝铅笔，那神态就像发一支冲锋枪似的。

“这是什么意思？”我问。我实在不能理解这项任务的意图所在。

女列车员瞟了我一眼，正待开口，不知是谁叫了她一声。“干吧。”她用命令式的口吻吩咐道，随即转身跑开了。

我手里攥着那半截铅笔，“这算是哪一门子任务……”我嘴里咕哝着。

“行啦，服从命令吧。”站在我对面一直没有吭声的、身穿呢大衣的老军人冲我笑笑，拍了拍我的肩膀。

黑压压的队伍开始向S镇缓缓蠕动了。

我们三人立刻分了工，我负责队伍的前面，他们两人负责中间和拖在最后面的尾部。谈妥之后，我就一溜小跑朝队伍前面追赶过去了。

我们的任务看起来多么简单，可是没有料到完成起来却是那么困难。三个多小时的艰苦行军，我，还有那两个老家伙，我们就像传令兵似的在队伍的前后来回奔跑。

“请问，您打呼噜吗？”我总是这样很有礼貌地问道，不论对谁。

“什么？你开什么玩笑！”问到一个旅客时，他显然被激怒了，两眼圆睁怒视着。我估计，如果我不是满头白发，他肯定会赏给我一个耳刮子。

“不，公民，不是开玩笑。”我只好赔着笑脸解释道，“您睡觉时是不是打呼噜？现在要调查一下，每位旅客都要调查的……”我尽量用和缓的口气再三说明。

对方并未息怒，反而咆哮起来：“打呼噜又怎么着？我天天打呼噜！这样又累又冻，还不知道要把我们带到什么鬼地方去……都快累死了，还能不打呼噜？”

我什么也没有说，默默在他的车票上打了个“×”。接着我又走向另一个旅客，重复同样的询问，并且等待内容差不多的唾骂。当然，对于每个旅客提出的“你调查这个干什么”的问题，我一概装聋作哑——我怎么回答呢？连我自己也觉得莫名其妙。

当我两腿酸软，贴身的衬衣几乎可以拧出水来的时候，S镇终于到了。这时，我们才知道我们处境的可悲：S镇是个没有电，没有煤，没有任何可以利用的能源的荒野中的小镇。半个世纪前，这里曾是繁华的石油城，可是几百家石油公司的钻井早已汲干了地壳深处理藏的最后一滴油，把一座座墓碑似的废弃井架点缀在毫无生气的不毛之地，好像向人们炫耀它那光荣的过去似的。

“现在，打呼噜的旅客站到这边来！”那个年轻的女乘务员不知从哪里冒了出来，站在一个快要倒塌的钻台上，提着半导体的扩音器向人群宣布。

被疲惫和劳累折磨得有气无力的人们，像驯服的羔羊一分为二。我默默地朝打呼噜的人群走去。这时我才发现，打呼噜竟是这样一种带有普遍性的毛病（唔，似乎可以称为“毛病”吧？），因为旅客的百分之九十都患有这种毛病。不仅是男人，也有女人、老人和孩子。刚从地平线上露出的青灰色的曙光，照着一个个苍白呆板的脸孔，他们不停地打着哈欠，连眼皮也睁不开，看样子快要支持不住了。

S镇在惨白的晨光中渐渐苏醒过来，列车长和当地政府的代表经过短短的磋商，立即把所有旅客疏散到每户居民家里休息——当然，打呼噜的和没有沾染上这种毛病的人是截然分开的。我和五百多名打呼噜的男人，被分配到一间很大的礼堂里休息，据说过去这是S镇的俱乐部。

我疲倦极了，眼皮像灌满了铅似的，记不清我是怎样走完最后这段路的。当我随着人流走进这间空气混浊的礼堂，找到一块可以容身的地方时，我立即倒在冰凉的地板上——这时候什么也不讲究了。脑袋刚刚落在当作枕头的旅行箱上，我就昏昏入睡了。我一辈子从来没有睡得这样香，尽管我那五百多个旅伴的呼噜交响乐声震屋瓦，我却丝毫未曾觉察，比起当年我在巴黎凡尔赛大饭店住的高级客房，我觉得还要惬意百倍……

不知道睡了多久，反正当我觉得肚子咕咕响，食欲之火在饥肠燃烧的时候，我睁开眼睛看腕上的表，发现表上的日历已经是第七天的下午了。天哪，我简直难以相信，难道我睡了这么久？

礼堂里的人仍旧睡得死死的，那有节奏的呼噜声像是鼓风机发出的吼声，整个礼堂的地板、墙壁和天花板都在震动着。我这时才注意到礼堂的内部结构非常特殊，四壁和天花板并不是通常所见的木板或者水泥涂抹而成。这是我从未见过的一种建筑形式，样子很像手风琴的音箱，可以任意伸缩，一个个并排镶嵌着，每个大小约有一平方米。最令人惊讶的是，大概由于某种不可思议的力量，这些音箱都在不停地伸缩，一会儿拉得很长，一会儿缩了进去，来回不停地移动，使人眼花缭乱。

我急忙从横七竖八的旅客身上跨过去，走出礼堂，一直走到积雪起码有一尺深的街上。很奇怪，大街上冷冷清清，看不到一个人影，两旁的房屋全都关门闭户。从雪地上找不到一个足印的迹象来看，似乎这是一座空城。我不由得感到一种从未有过的孤独和恐惧，拼命地朝前奔去，朝着记忆中铁道所在的方向奔去……

不料我完全迷失了方向。跑了不知多久，我发现面前是一片寸草不生的旷野，在灰蒙蒙的阴霾笼罩的天空下，一座座东倒西歪的井架像十字架似的竖在那里，上面锈迹斑斑，有的还筑了鸟巢——想来这里正是S镇当年的石油矿井区，不过早已废弃多年，如今成了井架的坟地。

我正在为S镇的衰败而无比惋惜，突然，前面不远的一排颓圮的小平房传来马达的突突声。“这里有人！”我不由得兴奋地喊了起来，接着，向声音传来的方向跑去。

“有人吗？”我老远就喊了起来。

也许是机器的声响把我的喊声淹没了，没人回应。我走进平房，在一个满身油污的人身旁站住。他连头也没有抬，仍然弓着腰，全神贯注地盯着面前的一排红红绿绿的仪表。

我在他的肩上重重地拍了一下。当他受惊地转过脸来时，我不由得窘住了，原来这是一位比我的年纪还要大得多的老人。他脸上的蛛网般的皱纹动弹了几下，接着用油污的手扶正了像瓶子底的近视眼镜，凑近我的鼻子上下打量了半天。

“你……你是谁？”他说话的声音沙哑，像是从喉管中挤出来的。

我连忙向老人道歉，接着做了一番自我介绍，并且把我对S镇的种种疑惑不解的问题一股脑儿向他说了出来。

“我是罗昭伦博士。”老人一面用棉纱擦手，一面慢吞吞地移动脚步，走出平房。“坐下，抽支烟吧。”他指了指靠墙堆放的快要朽烂的圆木墩，冲我说道。

我顿时对这位老人肃然起敬起来。罗昭伦博士，这名字我并不陌生，二十多年前我就拜读过他的著作。他是最早提出保护自然资源和节约能源的专家。我记得他当时曾经提出这样的警告：倘若人类肆无忌惮地砍伐森林，破坏生态平衡，浪费大自然极宝贵的石油、煤等能源，人类将会受到大自然双倍的报复。想不到，我和这位著名的学者在这儿不期而遇。

罗昭伦博士像个乡下老头坐在木头上，点了一支烟，眯缝着眼睛盯着渐渐飘散开的烟雾。“你刚才问我S镇的人都到哪里去了？”他把视线转向我，我点了点头。他接着说：“他们哪里也没有去，和你们列车上的两千多个旅客一样，他们都在家里关门睡觉，一直要睡到……”他说话的语调十分严肃，不由得你不相信。

我惊讶得说不出话来。

“你不相信？”罗昭伦博士把视线转向阴霾满天的远方，继续用平静的声调说，“你自己不是睡了一个星期吗？当然，是你们帮了他们的大忙，要不然，他们起码要睡到明年春暖花开的时候。”

我愈加糊涂起来，这位老人是否神经有点不太正常呢？我开始怀疑。

“罗博士，你能告诉我这是怎么回事吗？”我试探地问。

“有什么不可以！”他苦笑着望了我一眼，说，“这是S镇的居民自作自受，说得刻薄一点，这是他们在赎罪！”

接着，老人告诉我，S镇原是一个环境优美、资源丰富的好地方——当然，这是指半个世纪以前。过去，它的周围是难以通行的原始森林，森林里有许多列入国家一级保护的珍禽异兽。气候也好极了，四季如春，冬暖夏凉，是吸引游人的理想的旅游胜地。当然，最令人羡慕不已的还是地质学家在它的地下发现了蕴藏量十分丰富的石油资源。大自然大概是特别钟爱这块富庶的地方，把它所能提供的种种长处统统馈赠给S镇的居民。

“可是，这是一伙只顾今天、不管明天的不肖子孙。他们贪得无厌，欲壑难填。为了钱，他们把森林统统砍光，把木材拿到市场上变卖；他们像吸血鬼一样，吸干了大地母亲身上的最后一滴血液——石油，把可以使用一千年的石油资源，不到二十年全部采尽。”罗博士掐灭烟蒂，愤慨地说，“不错，当时S镇的每一家都阔得像百万富翁一样，他们在银行里都有一笔数目可观的存款，可是他们没有想到，他们付出了多么巨大的代价，而且这种代价是无法偿还的。”

他突然沉默了，默默地掉转头。远方荒凉得像洪荒时代的地球，裸露的岩石和条条支离破碎的沟壑，像大地母亲身上绽裂的伤口。“你能想象那儿曾经是茂密的森林吗？”罗昭伦博士用沙哑的声音悲哀地问。不待我回答，他又自言自语道：“S镇的居民毁灭了自己的生存环境，他们的土地变成了寸草不生的荒漠，河流干涸得没有一滴水，连空气也污浊不堪，充满各种有毒的元素。”

“那他们怎样生活呢？”我担心地问。

“已经走得差不多了。以前S镇有十万人，现在只剩下百十来户人家，大多是老弱病残。他们的生活基本上是靠红十字会救济，鄙人就是红十字会派来帮助他们解决能源问题的。”罗昭伦博士这时才透露了他来此地的意图。

“啊，原来是这样。”我连忙问，“解决得怎么样？”

“可悲极了！”罗博士连连摇头，“大自然被他们弄得一贫如洗还不算，剩下的居民如同过去清代的八旗子弟，过惯了富贵荣华的奢侈生活，一旦落魄就无法养活自己。他们什么也不会干。红十字会送来的各种先进设备和机器一到S镇，就被他们转手卖掉，大吃大喝一顿完事。所以我只好采用新的办法，让他们关起门来睡大觉。”

“睡觉？”我愣住了。这算是什么解决能源的办法？我实在无法理解。

老人脸上第一次露出得意非凡的笑容，“是的。你觉得奇怪吗？我是投其所好，让这批懒鬼睡个够——不过，他们必须睡在指定的几个地方，在这些安装了声波发电机组的房间里，他们爱睡多久就睡多久，因为他们一边睡觉，一边得为自己生产维持生活的电能……”

我更加困惑了，忍不住插嘴问道：“我不明白你的意思……”

老人开心得像个婴孩似的，仰着脸靠着墙哈哈大笑。“你怎么也这么糊涂！”他收住笑声说道，“你睡觉的礼堂安装的就是声波发电机呀！那些睡觉爱打呼噜的人，已经为S镇的居民生产了足够维持一个月的电能，这里面也有你的一份功劳……”

老人接着告诉我，当他接受了红十字会的委托，来到S镇为当地居民解决能源时，发现情况比他想象的还要糟糕。这里既没有石油和煤可供开采，高压电力网也拒绝向这里送电，因为S镇的居民半个世纪以前拖欠的电费至今没有交纳；由于空气污染严重，一年的绝大部分时间笼罩着灰蒙蒙的阴霾，太阳很少光临，所以连最廉价的太阳能也无法利用……

“我完全绝望了。我给红十字总会写了封信，说明了我所面临的困难，请他们立即派飞机来接我。可是，就在我等候飞机时，我发现了一个重大的秘密，原来S镇的居民百分之九十以上的人睡觉都打呼噜，这大概和他们酗酒有关。我意识到这是他们唯一可以开发利用的‘能源’。”老博士兴奋地说，“我立即改变主意，请红十字总会马上运送一批声波发电机来，并让我的研究所派批熟练的技术工人来安装这些机器。”

“这些机器管用吗？”我的心里仍然充满狐疑。打呼噜能够发电，我还是头一回听到这样的新鲜事。

罗昭伦博士似乎对我的疑问有些生气，他从圆木墩上站起来说：“请你来看嘛！”他招呼我走进机器轰隆的房里，向我讲解声波发电机的构造原理。

很可惜，大概是声音过于嘈杂，或许是我的心绪太烦乱，罗博士的话我大半没有听清。我只模模糊糊地听到什么共振、能量转换、电能储存一类的名词术语，便匆匆地和老博士握手告别了。

当天晚上我终于离开了令人窒息的S镇。打这以后，十多年过去了，我一直没有机会访问这个衰落的石油城，也没有再见到可敬的罗昭伦博士。但我一直担心，S镇的居民会不会把老博士给他们安装的声波发电机组倒卖掉，因为那套设备也值不少钱哩！

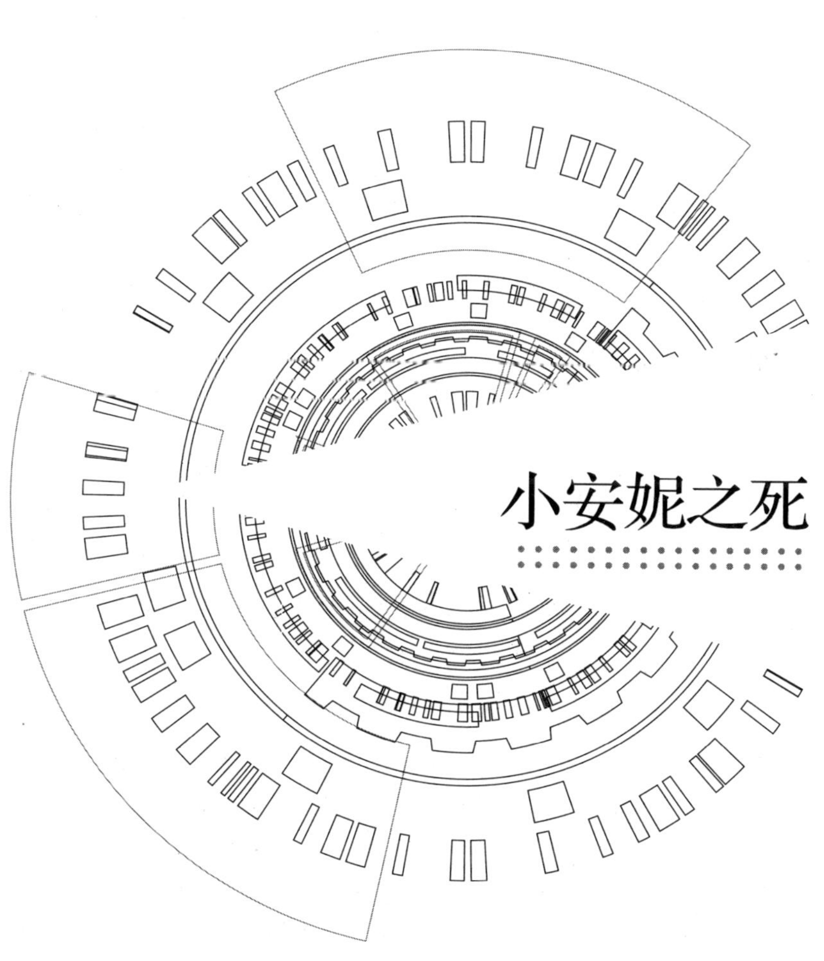

小安妮之死

我一闭上眼睛，小安妮那苍白的、毫无血色的脸蛋就在眼前晃动。我仿佛站在她的病榻前，看见她那挺好看的长睫毛底下一对深潭似的蓝眼珠覆盖了一层晶莹的泪水；她的小嘴唇原先是那样鲜艳，像清晨开放的美丽花瓣，如今却像干枯的泥淖泛出可怕的死灰色。我从她那哀怨而痛苦的眼光中，完全能够领会她的满腹心事。这不到十岁的小姑娘，是多么留恋美丽的春光、盛开的鲜花和碧草如茵的花园，然而残忍的死神的黑翅膀已经从她那金色的秀发掠过，要把她带入阴冷凄凉的黑暗深渊……啊，一想到这残酷的结局，我的心都要碎了。

小安妮，这个像一朵待放蓓蕾的小姑娘离开人间已经半年多了，然而，我仍然清清楚楚地记得她在我离开病房时说过的话。那是我最后一次见到她。当时她也许意识到了这是我们最后的见面，突然用劲攥住我的手，苍白的脸颊泛出一团罕见的红晕，嘴唇颤抖着说："乔（这是我的姓），你没有忘记吧，你答应带我到海边去玩的。那蓝色的海，阳光灿烂，海鸥飞翔，多美啊！我们一道去追逐雪白的浪花，在海滩上捡美丽的金色的贝壳……"

是的，我许诺过。我曾经对小安妮说，一旦我写完博士论文，我就带她到圣劳伦斯海滩痛痛快快地玩几天。我还打算租一艘带帆的游艇，驶向海岬那边白色的灯塔附近。我知道，那儿的贝壳特别多，而且形状和色泽都是世上所罕见的。然而此刻，当我独自在圣劳伦斯海滩踽踽而行时，伴随着我的却是凄凉的秋风和吐着白沫的怒潮，海滩冷清得像城郊的圣约翰修道院的公墓。小安妮再也不能和我结伴去寻找美丽的贝壳，她已经长眠在公墓的一个僻静的角落，只有墓地肃穆的冷杉林在秋风中为她的夭折唱着悲凉的挽歌。

我认识小安妮，并且和这个与我年龄相差悬殊的金发小姑娘成为好朋友，完全是偶然的。

三年前，我有机会考上大洋彼岸一所著名大学攻读学位。这所大学位于大西洋西岸风光绮丽的海滨城市，校园就坐落在濒临海边的绿色山坡上。从图书馆那高耸的塔式楼房顶上，可以纵览蔚蓝色的波涛和著名的圣劳伦斯海滩。那是一处很有名的海滨浴场，每逢夏日，来这里晒日光浴和游泳的人多得像蚂蚁一样。不过，和美丽的校园相比，我们住的公寓却非常寒碜。我们几个中国留学生都住在城市西北郊一幢古老的三层楼房里，这座楼房就像好心的房东太太一样，早已步入生命的暮年，墙灰剥落，楼梯摇晃，朽烂的楼板踩在脚下咯吱作响，到处散发着发霉的气味。我的卧室在楼房的最上层，房间不大，设备简陋，唯一的好处是房租低廉，环境安静，而且阳光充足，一扇狭长的大窗户正对着一个绿树蓊郁的宽大庭院。这就是小安妮家的花园。

我们几个中国留学生除了节日在一起聚会，平时都各自忙自己的功课。我当时选修的是冷僻的美洲现代文学，而那几位清一色是研究热门的自然科学的。专业和兴趣不同，使我很少和他们来往，因为我们之间的共同语言太少了。当然，住在我楼下的华林是个例外。他是个兴趣广泛的人，虽然是搞物理的，但是对文学也有浓厚的兴趣。一到周末，他总是拎着几瓶啤酒跑到我的房里，山南海北地乱扯一气，从居里夫人扯到马克·吐温，从爱因斯坦又扯到费米。久而久之，我和华林成了要好的朋友。

然而好景不长，不久华林搬进实验室里，埋头探索微观世界的奥秘去了，我的房间再也听不到他爽朗的笑声和诙谐的谈吐，顿时冷清起来。不过，我很快就适应了孤独的生活。繁重的功课压得我喘不过气来，我也没有时间去想华林了。

大约是我搬进公寓三个月后，一天，我的眼睛被书本上黑压压的小字折磨得发涩发胀，我只好扔掉书本，走到窗前，倚窗眺望。我对窗外如此幽静的庭院感到惊奇。搬进这幢楼房后，我还是第一次仔细地观察周围的世界。我的目光从浓荫深处透出的一幢雅致的乳白色的别墅，移向前面椭圆形的喷水池，然后沿着修剪得很整齐的灌木夹峙的林荫道，转向一个方方正正的花坛。我一面欣赏这座布局精巧，如同花园一般的庭院，一面又对院落里寂寥无人的宁静感到失望。就在这时，一阵银铃似的笑声随风吹来，铺着鹅卵石的小径上徐徐推出一辆双轮座椅，车上面坐着的是一位金发的小姑娘，她那美丽端庄的容貌，立刻吸引了我。

这是初夏一个凉爽宜人的傍晚，血红的夕阳透过树林的缝隙斜映在女孩身上，在她的周围笼罩着一层圣洁的光晕。女孩长得娇小秀气，鹅蛋形的脸蛋，高挺的鼻梁，白皙的皮肤，显得那样楚楚动人。她的一双像蓝天一般澄澈的大眼睛左顾右盼，闪动着熠熠的光彩。一头柔软的发出金丝般光泽的长发，像瀑布一样散披在肩上，当中束了一个很大的紫色蝴蝶结。她穿了一件粉红绸子制作的短衫，一双丰腴的小手随意地搭在小车的扶手上。然而，女孩的下半截身子却用一块花花绿绿的毛巾严严实实地遮盖起来，和她那上半身美好的姿容极不协调。

女孩笑逐颜开地坐在手推车上，不时让女仆停下车，探身去采撷路旁的花朵。她的怀里已经有了一大把五颜六色的鲜花，然而，她似乎仍不满足，笑着向女仆指了指前面靠近围墙的花坛，于是手推车缓缓移动，向着我的窗下一步步靠近……

我正出神地凝视着这幅富有生活情趣的美丽图画，忽然，女孩抬起头来，目光和我不期而遇。她也许是发现了什么，两眼目不转睛地瞅着我，一时竟忘了她要去采撷的花朵。

我们相互对视了好久。终于，我向她微微一笑，算是向这位第一次见面的小女孩表示我的问候。

不料，这笑却引起了女孩的好感，她的脸上顿时漾出了甜蜜的笑容。

“你好！”她那清脆的童音像银铃一般从那张小巧的嘴里倾吐出来。接着她问：“你是才搬来的吗？你叫什么？我叫安妮，咱们一块儿玩好吗？”

她那天真可爱的表情把我逗乐了。我笑着点点头，把我的名字告诉她。“安妮，你怎么知道我是才搬来的呢？”我又探出身子问她。

安妮说：“我当然知道，因为我是第一次见到你。以前有个老爷爷住在你那儿，我们也是这样说话的。他还送给我一只挺漂亮的小鸟，可是我把小鸟放走了，让它去找妈妈了……为这件事，爸爸还骂了我。你说，我难道做得不对吗？”

“啊，你爸爸为什么骂你呢？”

“爸爸说，朋友送的礼物应该珍惜，不应该随便扔掉。可是，小鸟失去了妈妈怪可怜的，所以我就把它放走了。”

“你做得对，安妮。”我连忙说，“要是我的话，我也会这样做的。”

“真的吗？你不骗我？”安妮突然高兴起来，挥着小手说，“我一定要告诉爸爸。我要让他知道，你说我放走小鸟并没有错……”说到这儿，她又提出让我下去和她一块儿玩耍的要求。

我正犹豫之际，从花园深处的别墅那边突然传来一声严厉的叫唤，那一直站在一旁看着我们的女仆闻声一惊，急忙胆怯地应了一声，接着俯身朝女孩低声说了几句，慌慌张张地推着手推车沿原路而去了。

安妮似乎很不愿意离开，却又无法抗拒手推车的转动。她的神色突然变得十分颓唐，一双明亮的眸子顿时暗淡下来。她向我投了一眼哀愁的目光，然后用我勉强听得见的声音说：“乔，别忘了，明天陪我玩，好吗？”

这残疾的小姑娘的哀求深深打动了我。我勉强装出笑容，朝她挥了挥手，大声答道：“安妮，我明天一定来看你！”

当晚，好奇心驱使我找到房东太太，向她打听安妮的一家，问起她的父母，以及这可怜的女孩究竟得了什么病。

过早发胖的房东太太戴着一副老式花镜，在灯光下织毛衣。老太太平素挺和气，听我来问邻居家的事，却突然摘下鼻梁上的眼镜悻悻地说："哼，他们家的事，三天三夜都说不完！你到全城去打听打听，谁不知道汉弗莱那家伙是个黑心肠的东西。他原先不过是个水手，可是后来不知道怎么发了横财，成了一家海洋运输公司的大老板。这是上帝在惩罚他。自从他霸占了这块地皮，在这儿盖了华丽的别墅，修了美丽的花园，他们家就一蹶不振了。先是他的几个孩子突然得了暴病相继死去，后来，他的太太也因忧郁过度而亡。现在只剩下汉弗莱那个老不死的，还有他那个生下来就不会走路的小女儿安妮……"

听房东太太这样一讲，我的心猛地往下一沉。我完全没有想到，在那美丽得如同仙境的花园里，竟然发生了这样可怕的悲剧。"汉弗莱干了什么坏事？"我疑惑地问，因为我简直无法相信，那可爱得像小天使一样的安妮，竟会有一个坏心肠的父亲。

"汉弗莱这家伙比狼还要贪心！"房东太太似乎对安妮的父亲恨之入骨，因而激动地说，"他有那么大的花园还嫌不够，还老早就打我这幢房子的主意。好几年以前，他就雇了律师，说我的房子挡住了他家的阳光，还破坏了他家的……什么景致，逼我把房子拆掉。不错，他答应赔偿我的损失。呸，我才不稀罕他的臭钱！我就是不拆，他能把我怎么样？"说到这里，房东太太朝窗外瞟了一眼，然后低声说："要不是他家里后来接二连三地死人，我这幢房子早就保不住了……"

房东太太翻来覆去地说安妮的父亲是个黑心肠的人，可是除了房产纠纷之外，并不能指出汉弗莱先生曾经干过什么坏事，我不免怀疑房东太太是否对汉弗莱抱有成见。她对安妮一家遭遇的不幸毫无同情之心，反而流露出明显的幸灾乐祸，这更引起我的反感。因此，对于她所说的话，我在心里不免打了折扣。

从这以后，我不但未受房东太太的影响而不去理会安妮，相反，一种难以解释的复杂心理，促使我主动地和这个可怜的女孩接近。只要时间允许，我几乎每天都要跑到隔墙的花园里陪小安妮玩一会儿。我给她讲故事，用鲜花给她编织花环，向她讲述遥远东方的我的祖国。我们在一起过得十分愉快，仿佛忘记了年龄的差别和国籍的不同。安妮是个十分聪明伶俐的孩子，家庭和个人的不幸又使她过早地成熟。她虽然把我当作知心朋友，却绝口不提她的母亲和几个早逝的兄长，也从不向我提起她自己的病情。对于这个行动不便、半身瘫痪的女孩，我除了倾注自己的同情之外，当然不会去触动她那脆弱的心灵。但是相处的日子久了，我发现安妮那包藏得很深的心灵深处，隐藏着深度的悲哀和痛苦。她的情绪常常会变得十分消沉。有时候玩着玩着，她的眼睛就会茫然若失地盯着某一件东西。一股不可捉摸的愁思在折磨这个可怜的孩子。

果然，在我隔了很长一段时间没有去花园之后，发生了我意想不到的事情。那一阵子我在图书馆忙着写博士论文，常常很晚才回到公寓。一天傍晚，天完全黑下来了，我走进房间刚脱下大衣，安妮家里那个女仆突然跑来找我，递给我一封汉弗莱先生的亲笔信。

这位汉弗莱先生，说实在话，我几乎从未和他有过接触。他好像对我存有某种戒心。在我陪小安妮在花园里玩耍时，他从不露面，但也不加干涉。我有几次发现他远远地在树林中独自散步，却从不主动和我打招呼，更不和我攀谈。在我的印象里，这准是个性情孤僻、不愿与外人接近的人。因此，当我突然接到他的来信时，我不能不感到十分意外。

他的信写得十分潦草，文字也半文不白：

“尊敬的先生，倘若您有时间的话，请您屈尊来舍下一趟，我有事相告。”

“汉弗莱先生有什么事找我呢？”我问送信的女仆。

我这时才发觉，那年老的女仆神色凄惶，眼里含着泪水。她的嘴唇颤动着，好半天才说道：“先生，我可怜的小安妮已经不行了……”

我大吃一惊，来不及询问详情，披上大衣便匆忙跑下楼梯。几分钟后，我在女仆的陪伴下走进安妮家的客厅。

汉弗莱先生像只闷闷不乐的大猩猩深陷在客厅一角的大靠背椅里，似乎正在等候我的到来。当女仆上前通报时，他从冥想中惊醒，神经质地跳了起来，握住我的手。接着他指着身旁的软椅请我坐下，然后自己又重新回到靠背椅上，低着头不住地搓那两只特别大的手。

在我的记忆里，我是第一次面对面地和他坐在一起，也是第一次有机会仔细观察他的容貌。他是一个身材颀长、面孔黝黑的人，刀形脸，鹰钩鼻，方下巴，眼睛不大，时不时闪动狡狯的目光，一看就是个精明能干、老谋深算的人。不过，家庭的不幸和长期的忧郁显然大大损害了他的健康，尽管还不到五十岁，头发却完全白了，满脸的皱褶，呈现明显的老态。

我见他被忧伤压得抬不起头来，神思恍惚，便首先打破了难堪的沉默。

“汉弗莱先生，安妮现在怎么样了？她现在在哪儿？”我小心翼翼地问。

他抬起头来，用感激的目光注视了我一眼，接着用指头揿了一下靠背椅扶手旁的按钮。顿时，他身后的一幅紫色天鹅绒的帷幕自动地徐徐拉开，出现了一个很大的荧光屏。

“安妮已经送到医院抢救。”他的嗓音沙哑，像是被什么东西堵住了，“不过，看来没有多大指望了……”他长叹道。

这时，闪动着的荧光屏出现了病房的画面，接下来是我所熟悉的安妮的特写镜头。她躺在垫高的枕头上，双目紧闭，呼吸急促，鼻孔里插着一根橡皮导管，鼻翼不住地翕动。可怜的姑娘被疾病折磨得奄奄一息，昔日红润的小脸像纸一样苍白，眼窝深陷，颧骨突起，消瘦得令人吃惊。大约是不忍心目睹安妮的痛苦，汉弗莱先生随即关上了闭路电视。

我们相对无言，沉默良久。一种难以形容的悲痛使我感到沉重的压抑。

过了片刻，汉弗莱先生说：“安妮很想您，她在昏迷中，仍然念叨您的名字。先生，倘若您怜悯这个不幸的孩子，希望您明天抽空去看看她。您看可以吗？”

我的鼻子一阵发酸，好不容易才抑制住眼眶的泪水。我哽咽地说：“好的，好的，我明天一定去看安妮……”悲痛使我再也说不下去了。

“先生，谢谢您。”汉弗莱突然抓住我的一只手，声音颤抖地说，“明天早晨我用车子送您去……”

这时，女仆送来了两杯咖啡。我待心情稍微平静一些，问道：“安妮究竟是患了什么病？难道就没有什么好办法吗？”

“先生，不瞒您说，我的安妮，还有她的三个哥哥，以及我的妻子和我本人都患了同样的病……”

汉弗莱先生的话，在我心中引起很大的震动。他接下来的一番话，更使我感到惊讶。

“先生，我已经是一个行将就木的人。我知道，我的肝癌已到了晚期。世界上的一切，在我眼里都已经变得毫无价值。金钱，财产，社会地位，这些对我已经毫无意义。”他说这些话时，脸上的肌肉搐动着，嘴边浮出一丝残酷的冷笑。稍顿片刻，他继续说道：“我们虽然素昧平生，但我对您从旁观察了很久。我从直觉中看出，您是一位可以信赖的朋友。我绝对不是当面恭维您。您对安妮那样关心，那样体贴地照顾她，我早已在心里把您当作唯一的朋友。是的，我一点儿也不夸张，因为在这个世界上，我并不曾有过真正的朋友，也失去了所有的亲人；连我的小安妮，仁慈的上帝也要从我的怀抱中夺走……”

说到这儿，他那枯涩的深陷的眼窝里涌出两颗泪珠。他呷了一口咖啡，接着说：“先生，人到了这时候就无所顾忌了，一生的荣辱得失又算得了什么呢？至于死后人家的褒贬更是不值一提。您说是不是？您可能知道，我当初不过是个穷得只有一条裤子的水手。我挣下这份家产，凭的是自己的本事，是我豁出性命在狂风恶浪的大洋里一个子儿一个子儿挣来的。我没有干过坑蒙拐骗的投机买卖，也没有做过杀人武器的军火生意。

我从水手干起，后来当上三副、二副、船长。我挣钱买下一艘一千二百吨的老式货轮，这才当上船主。我做的是安分守己的运输买卖，运的是矿砂、棉花、玉米、棉纱，有时候也捎上一些零星的货物。当然，我承认，在航海运输这方面，我一直开的顺风船，运气比谁都好，很少碰上倒霉的事情。那时候，我年轻力壮，一顿饭简直可以吃下一头牛，站在驾驶台上三天三夜眼皮都不眨一下。别人不愿意揽的生意，我干；别人不敢跑的航线，我硬去闯。说老实话，只要有人肯出大价钱，连地狱我也敢闯进去，决不含糊。”

这位当年的船长把玻璃杯中的咖啡一饮而尽，沉默片刻，长叹了一口气，接着说：“当然，现在说这些毫无意义。我不否认，我一生也干过亏心的事情。十年前我曾经干过一件蠢事，我做的一笔买卖导致了我的六十七名船员全部丧生，为此，我在任何时候都不能原谅自己，也决不推卸自己的罪责。不过，话说回来，海上的事情谁都知道带有三分风险。你好端端地离开陆地驶向茫茫大海，你的这条命就算托付给上帝了，你没法知道自己究竟还能不能回来……

“就说十年前的这档子事儿吧，同样也是没法预料的。当时一个很有点儿背景的宾夕法尼亚人给我揽了一笔生意。这家伙交际很广，据说跟联邦政府还有来往。他找上船来，说是有人要把几十个笨重的大钢罐运到大西洋一个非常深的海沟，然后扔进海里。说实在话，我走南闯北跑遍了全世界的码头，还是头一回遇上这样的生意。他领我去看了看那些货物，一个个大钢罐死沉死沉的，就像实心的钢坨子。当然我并不知道大钢罐里有什么东西，这桩生意首要的条件是绝对保守秘密，我也用不着费脑筋去打听。当时我所关心的是这桩买卖值不值得做，因为这是一条非常危险的航线，中途暗礁密布，弄不好就会沉船。我手下的那些水手谁也不愿意冒这样的风险。可是，人家出的价钱之大却使我失去了理智，我无法拒绝那么多酬金的诱惑。要知道，那时候我正缺少一笔雄厚的资金。我计划买下一家快要破产的海洋运输公司的全部股份，如果这笔交易成功，我不但可以实现梦寐以求的愿望，还能剩下一大笔钱，足够买地皮盖房子。这样一盘算，我决定冒一次风险，一口应诺了这笔生意。

“我挑选了几十名精明强悍的水手，给他们发了双份的工资。我不亏待他们。当然，我没有忘记到保险公司给这艘一千二百吨的老家伙高价保险。一切出航的准备就绪，几十个比啤酒桶还要大三倍的钢罐搬上了船。我没有迟疑，按照合同规定，抢在退潮之前把船开出了港口。我暗自盘算，用不了两个星期，我就不再是普普通通的船长，而是汉弗莱远洋运输公司的董事长了。

“然而，谁能料到，这一次我却交上了厄运。船刚出海湾，天气突然变坏了，天空黑得像锅底一样，海水像黑乎乎的柏油，掀起几丈高的巨浪。我一看天色，知道坏了，大西洋可怕的飓风比往年起码提前了一个月。你也许没有见过飓风，很难想象飓风给我们带来的灾难。唉，一想起那一次飓风的袭击，尽管事隔多年，我的心里还忍不住颤抖。当时，我们这条船就像一个鸡蛋壳，在颠簸的风浪里随时可能被挤碎。船舱里像遭到地震的浩劫，所有的东西都摔得粉碎。白花花的浪头像凶恶的章鱼扑上甲板，冲上了舰桥。船舱里灌进了一尺多深的海水。我下令让所有的水泵都开动起来，但是无济于事，海水仍然像喷泉一样涌了进来。当时如果我及时掉头返航，也许还不至于落到船毁人亡的绝境。可是，我那时候昏了头，一心想着和人家签订的合同，想着那一笔就要到手的钞票。于是，我咬了咬牙，决定迎着风浪冲过去。这时，驾驶台上几米以外完全看不见任何标记，我们这条船几乎就像盲人在黑暗的风浪中乱闯。就在我下达前进的指令时，突然，船身猛地跳了起来，发出一声可怕的巨响，我站立不稳，像是被谁猛击一掌倒在地上。不用说你也知道，船撞上了礁石。当我勉强爬起来时，发动机已经沉寂，船身完全歪向一边，我急忙询问轮机舱发生了什么事，轮机长回答道，机舱已经水深没膝，主机不能再运转，否则马上就会发生爆炸。这时大副慌慌张张地跑来告诉我，左船舷被礁石撞开了三米多长的裂口，海水像溃了堤的洪水涌了进来，已经无法堵住……

我不让他再说下去，粗暴地打断了他的话。

“我绝望了。我完全明白等待我们的命运将是死亡。于是，我不由得跪了下来，向万能的上帝祈祷。我让大副通知水手们赶快逃命。船上有四艘救生艇，还有十只救生筏，只要上帝怜悯他们，他们还有一条生路。我自己却决定留下来，和这艘跟随我在海上航行了十五年的运输船一块儿去死。

“大副见我执意不肯离开，给我留下一只救生筏，便和其他水手登上救生艇逃命了。他们是怎样离开的，以及他们的命运如何，我当时完全不知道。我一直跪在驾驶室的甲板上，等待着最后一刻的到来。然而，我没有想到，上帝并不想让我马上去死，他要我经受长久的苦难。结果，那些逃走的水手全部遇难，我自己反而活了下来……”

汉弗莱的话使我困惑不解，我插了一句：“那么，船没有沉吗？”

“不，沉了！”他答道，“不过，它没有马上沉没。它一面进水，一面被风浪推动着，像一块木板随波逐流。我起初并没有发觉，不知过了多久，等到驾驶台也漫进了水，我慌忙从甲板上站起时，才发现船尾整个儿没入海里，只有船头和烟囱的上半截翘起来露出水面。这时一股求生的欲望驱动着我，我抓起救生筏，跳进了动荡的大海……”

“啊，你是怎样得救的呢？”

“先生，大概是我命不该死。这艘船原来是被风浪刮到了离圣劳伦斯海滩只有三海里的地方。我纵身跳入海里，在黑暗中远远就看见海岬尽头的那个灯塔。当我在浪涛里挣扎，向灯塔那边游去时，我的那艘船像灌饱了水的溺水者闷声不响地葬身海底，连同那几十个钢罐都不见踪影了……”

“那么，后来呢？”我完全被他的故事吸引住了。

汉弗莱长叹了一声，颓唐地把头靠在椅背上。“唉，可怕就可怕在这个后来。先生，从这以后，我的命运便沿着一条不可思议的道路滑向黑暗的深渊。可是，另一方面，我的事业也发展到了令人羡慕的顶峰。我虽然遭受了船毁人亡的损失，但是那个宾夕法尼亚人仍然如数付给了我预定的酬金。当然我并不傻，我隐瞒了船只失事的地点，并把船只的失事归咎于大西洋那个海沟一带的鬼天气。我相信他们绝对不会去调查事件的真相，而且我用不着担心有谁会来揭穿我的谎言。我的那些水手全都见上帝去了。可以说，这次大西洋的飓风帮了我的大忙，因为一切痕迹都被风浪消灭得一干二净，我可以放心大胆地要求保险公司赔偿我的损失。但是，我能够欺骗世人，却无法逃脱上帝的惩罚。就在我当上汉弗莱远洋运输公司的董事长，买了地皮，给我的妻子和孩子们盖上美丽的花园和舒适的别墅，从此过起上等人的体面生活时，乌云便在我的头上盘桓了，灾难从此就没有离开过我一天。仅仅十年，我的约翰，我的汤姆，我的尼莱，我的这些可爱的孩子一个一个被上帝夺走了。我的妻子是前年死去的，她得了肺癌，死得很痛苦。我原以为上帝会可怜可怜我，给我留下我的安妮。可是，上帝啊，这孩子不满三岁就瘫痪了。我把全世界的名医都请了来，我情愿拿我的全部财产去换她的性命。然而，我的安妮也逃脱不了可悲的结局——医生告诉我，她维持不了几天，顶多一个星期。先生，一个人难道经得住这样沉重的打击吗？即使我有罪过——尽管这不能完全怪罪于我，上帝也不应该这样残酷地折磨我，惩罚我；况且我的妻子和孩子们又有什么罪，上帝为什么这样不公平地对待他们……”

汉弗莱声嘶力竭地嚷着，用拳头绝望地捶着自己的胸膛，他的神情如同一只被人夺走狼崽子的母狼，两眼露出可怕的凶光。我见他情绪如此激动，十分担心他会发生意外，于是我连忙把女仆唤来，同时又安慰了他几句。

几天以后，安妮死去了。我陪着忧伤过度的汉弗莱先生把安妮的棺木安放在她母亲的墓地旁边，在那刚刚竖立的十字架上抛洒了几滴同情的热泪。然后，我辞别了汉弗莱先生，独自步出凄冷的墓地，朝着风浪喧嚣的圣劳伦斯海滩走去。

当我坐在海滩尽头一块突兀的礁石上，茫然地沉湎在海浪单调的喧声中，设法让自己纷乱的心绪平静下来时，突然有人用手从后面蒙住了我的眼睛。我霍地站了起来，挣脱了那双手一看，原来是同楼居住的华林，一个攻读科学博士学位的同学。我惊喜地嚷道："华林，你这个家伙是从哪儿钻出来的？"

华林一身野外旅行的装束：皮夹克，紧身裤，棕色的皮靴，脖子上挂着一架相机，长长的望远镜头像机枪似的对着我，背上还有一个鼓鼓囊囊的帆布包。他摘下太阳镜，笑眯眯地瞅着我，眼中闪动着狡狯的目光反问我："你在这儿发什么愣？"

"小安妮死了……"

听我一说，华林顿时收敛了笑容。住在楼里的中国留学生没有谁不知道小安妮，只不过没有我熟悉。我把事情的前后经过简要地告诉了他，还特别提起汉弗莱先生的那艘船就沉没在离灯塔不远的地方，还有那几十个奇怪的钢罐……

华林一直在注意地听着，他凝视着伸向海中像手臂一样拥抱大海的海岬，那海岬的尽头屹立着白色塔身的灯塔。忽然，他转过身来问道："钢罐，你是说汉弗莱的那艘沉船上有几十个钢罐？"

我点点头，不知道他为什么如此惊讶。

"他讲没讲罐里装了什么东西？"

"据汉弗莱说，他根本不知道。"我照实回答。

华林"啊"了一声，用指头敲着额角。他思考问题时老有这个动作。"嗯，这倒很有意思……"他自言自语道。

不过，我不明白他究竟指的是什么。在回来的路上，我又继续和他谈起安妮之死，谈起汉弗莱本人也患有癌症。"华林，这一家人落得如此下场，你说说看，这难道是偶然的吗？真像是……"

"他们一家人都得了癌症，这只有两种可能。"华林打断我的话，说道，"一种，从家族的血缘关系上看，可能他们的父系或者母系有这种致癌的遗传因子，这种例子绝不是个别的，医学上对此有过研究。再一种情况，那就是他们接触了致癌的元素，这种情况比较复杂，因为致癌的元素很多，食物、饮水、环境、大气的污染都可能致癌，长期受到原子辐射的人多半患有癌症。”

我默然了。对于科学我完全是门外汉，在这方面我根本不是华林的对手。于是，我立刻转变了话题。

“喂，华林，我挺奇怪，你不是泡在实验室里吗，怎么跑到海边来了呢？”

“你瞧瞧我这身打扮！”华林笑道，“我这半个多月天天在圣劳伦斯海滩上转悠。我的导师，那个顶厉害的美国老太太交给我一项新课题，据说是联合国交下来的项目，内容是关于海岸一带放射性污染方面的，所以我每天背着仪器到处采集标本带回去化验。谁知道在这儿碰上你呢……”

说到这儿，华林像想起什么似的突然站住，转身朝着走过来的地方望去。我俩这时已经登上离海边很远的山坡，前面就是进入市区的高速公路，圣劳伦斯海滩和海岬的灯塔已远远地笼罩在薄薄的烟霭中。

华林眯缝着眼睛，凝视着远方蔚蓝色的海水，心中忽然有所领悟，脸上露出一丝不易察觉的笑意。“啊，很可能，很可能是这样……”他若有所思地喃喃自语。

旋即，他转过脸来用激动的口气对我说：“喂，你能带我上汉弗莱家里去一趟吗？”

我惊愕地看着他，简直不知道他那半秃的脑门里又钻出了什么怪念头。“那……那有什么不可以。”我讷讷地说，“不过，你去干吗？尤其是这个时候。”

“这你不用管。”华林推了我一把，半开玩笑地说，“你的任务就是给我带路！”

半个小时后，我们双双来到汉弗莱先生的花园。开门的女仆告诉我们，汉弗莱身体不适，从墓地回来就进卧室休息了。华林连忙说，不必惊动他，我们就在花园里散散步。看着华林神秘的表情，我心里不禁暗自纳闷：他到底要干什么呢？

女仆离开后，华林从背上取下帆布背包，从里面取出一个四四方方的盒子。我不知道这是什么仪器，只见他给盒子插上电源，调试了一会儿，然后又放进帆布背包。当他重新把帆布包挎在双肩时，他说："请带路吧。"

我疑惑不解地瞅着他，问道："你要去哪儿？"

他神秘地一笑："请便，到处走走吧。"

这时候，我的心情颇为不悦。走进这座花园，我不能不触景伤情。目睹那绿草如茵的草坪，那鹅卵石铺就的林荫道，我仿佛又看见安妮窈窕的身影，花丛中似乎又传来她朗朗的笑声。然而，偏偏在这个时候，华林却有心思到这里散步，我不禁对他的行动有点儿恼火。

然而华林对此并无察觉，依然兴致勃勃地东张西望，似乎是在欣赏这座花园的美丽景致。我闷着头匆忙地走着，华林却不紧不慢地在后面仔细鉴赏。突然，他把我叫住："喂，你瞧，那是什么？"

我无可奈何地转过身，见华林手指着别墅东侧的一块空地。那是汉弗莱先生的家庭运动场，那里有打网球的场地，旁边还有供儿童游戏的滑梯、木马和转椅。只不过这一切早已无人问津，地上铺满枯黄的落叶，那些当初充溢着孩子们笑声的游戏器械不胜风雨，早已朽烂。

"怎么啦？"我问华林。

"你瞧，那边有一个沙坑……"华林说。

我顺着他的目光望去，网球场的一侧确有一个铺满黄沙的沙坑。"这有什么值得大惊小怪！"我心里说，"也许是给小孩练习跳高、跳远用的，或者是让孩子们在里面打滚玩耍的……"

华林并不理会我不耐烦的表情，径自朝沙坑走去。他一直走到沙坑旁边，用靴尖踢了踢板结的沙子，然后弯下腰捧起一把沙子，凑近眼前仔细瞧了瞧，就像要从里面找出什么似的。最后，他索性蹲下，把帆布包取下来放在沙坑里。

我心绪不宁地站在林荫道上，目光转向夕阳映照的别墅。四周异样的宁静，使人感到一种沉重的压抑。望着眼前这幢华丽的别墅，我不禁联想起一具白色的棺材。的确，这是一幢可怕的凶宅，没有一个人能够逃脱死亡的结局。想到这里，我不禁毛骨悚然，忍不住压低声音连连唤了华林几声。

华林很快跑过来，但是，他的神色却显得十分兴奋：“你瞧这些沙子！”他把手帕包着的金光闪烁的细沙摊开给我看，眸子闪动着激动的光彩，“能不能带我到屋子里看看？”他用下巴指着那幢别墅问道。

我白了他一眼，但总算克制住自己没有当面发作。“你要找汉弗莱谈谈吗？”我赌着气问道。

“不不不！”华林忙答道，“咱们就到里面瞧瞧。”

绕过别墅后面的一排树林，女仆领着我们从正面的喷水池前面踏上大理石的阶梯。她蹑手蹑脚地推开客厅的大门，压低声音道：“请你们轻一点儿，汉弗莱先生正在休息……”

不料，华林这个冒失鬼像是踩着了一条蛇，突然惊叫起来：“天哪，这是谁建造的房子！”

这一声怪叫不用说把我吓得心惊肉跳，那个皮肤黧黑的女仆顿时双手捂住脸，浑身哆嗦起来。华林却一个箭步擦着我的身边蹿入客厅。他像是发了狂似的，用迅疾的动作解下帆布包，取出那个方方正正的盒子，把它放在地毯的中央。

刹那间，我惊愕地站住不动，目光盯在那个神秘的四方盒子上。我分明听见，盒子里面像炒爆米花一样，噼噼啪啪响个不停，盒子上面的指针也像得了疟疾一样不住地颤抖。

华林呢，他一会儿低头看看盒子，一会儿朝客厅的四壁和天花板张望。他的神色变得十分严峻，一对浓眉拧成一团。在我的印象里，这个乐天派的心情似乎从来没有如此阴郁过。

我朦胧地意识到事态的严重，却闹不清华林究竟发现了什么，于是小心翼翼地问："华林，到底是怎么回事？"

不料华林却抢白道："我的天，你怎么连这点常识都不懂？我们现在就如同站在原子反应堆里，墙壁、地板和天花板，到处都在向我们辐射出强烈的原子射线……"

"你是开玩笑，还是认真的？"

"谁跟你开玩笑！你没看见伽马射线仪在不停地向我们报警吗？"他指着地毯上的仪器嚷道，"这样强的辐射，不用说是人，就连一块石头也受不了……"

"这……这怎么可能呢？"

"蠢话，事实就摆在你的面前，你凭什么不相信？"华林脸红脖子粗地嚷了起来，"很明显，这所房子的建筑材料里面含有大量的放射性元素。还有，刚才沙坑里的那些沙子，也有放射性。住在这样的房子里，不得癌症那才是怪事哩……"

听华林这样一说，我不禁愕然了，一屁股坐在沙发上。这时，惊慌失措的女仆跑过来一个劲地冲我们摆手："先生，实在对不起，你们说话轻一点儿……"她央告着打断了我们的谈话。

我已经无心继续待下去了，不管华林是否愿意，我不由分说拉着他就走，恨不得早一点儿离开这个可怕的凶宅。

华林回到公寓一直闷声不响。我很想从他的嘴里探听到汉弗莱的房子怎么会有放射性，我甚至联想到是不是有人在暗中加害汉弗莱一家，可是华林对于我的这些问题一概未置可否。他只是拍拍我的肩膀，意味深长地说："甭着急，水落才会石出，现在要想做出正确的判断还为时过早。"

当天晚上，华林不声不响地离开了公寓，连去哪儿也没有告诉我。据我估计，他准是又上大学的实验室去了，因为我看见他从大门出去时，背上仍然背着那个鼓胀的帆布包。接下来几天，我也埋头在美洲文学那些浩若烟海的原著里，每天伏案和那些各种流派的文学大师打交道。汉弗莱一家的悲剧逐渐在我的脑海里淡忘了。

一个星期后的一天傍晚，我双手垫在脑后靠着躺椅呆呆地出神，收音机里播送着波士顿交响乐团演奏的贝多芬的《命运交响曲》，从门缝里钻进一股呛人的煎咸鱼的油烟，大概是房东太太在厨房里大显身手。就在这时，房门“咚”的一声被脚踢开了。不用说，这就是华林，他总是这么鲁莽。

我急忙从躺椅上坐起来，刚好和华林打了个照面。他像一阵旋风似的冲进房里，“哐”的一下关上门，接着非常熟悉地拉开电灯，又把书桌前的椅子拉过来，坐在我的对面。

大概是嫌声音太响，他伸手关掉收音机。“哎，完全搞清楚了，整个过程，全部细节，前因后果……”他的神色相当激动，连说话也语无伦次了。

“你说什么呀？”我困惑地望着他那张风尘仆仆的脸，问道。

他朝窗户指了指：“当然是汉弗莱一家的事。我这几天做了细致的调查，搜集了大量可靠的证据。现在看来，汉弗莱一家的悲剧完全是汉弗莱自己一手造成的。”华林说。

“什么，你说是汉弗莱自己造成的？”我惊讶地问。

华林肯定地点点头。“一点儿不错，我通过电子中心查询了联邦政府的白皮书和十年前的有关档案——这些档案过去是绝密的，现在对科研人员则是公开的。汉弗莱不是说过，他那艘一千二百吨的货船装了几十个钢罐吗？你知道里面装了什么吗？据官方提供的资料，那是一家民用核电站的裂变产物，一些高放射性的废物，是核反应堆在裂变过程中剩下的浓缩的废料，具有很强的放射性。通常处理这种高放射性废物的方法是将它们密封在金属容器里，然后贮存在远离地表的盐矿废矿坑里，因为盐矿层是不会透水的。但是，那家核电站可能是为了省钱，同时又害怕引起有关方面的反对，所以就让汉弗莱把钢罐运到大西洋的海沟里，以为这样就万事大吉了……”

“汉弗莱并没有把钢罐扔进海沟呀！”我插嘴道。

“对，问题就出在这儿。”华林接着说，“大西洋的飓风使这艘船在圣劳伦斯海滩外面的海面沉没了，那几十个装有裂变废物的钢罐也一同沉入海底。在汉弗莱看来，这件事干得神不知鬼不觉，他因此还得到不少好处。那家核电站只要把钢罐扔进海里，他们也不会费心去了解汉弗莱究竟有没有把船开到目的地。那艘船已经沉没，船上的人除了汉弗莱没有一个生还，因此这件事根本无从查实，汉弗莱不管撒怎样的弥天大谎，别人也无法找到破绽。”

“这些情况我完全清楚。”我着急地说，“你倒是说说，这和汉弗莱一家的悲剧究竟有什么关系呢？”

“当然有直接的关系。”华林道，“那天我们在圣劳伦斯海滩见面时，你还记得吧，当时你曾经把与汉弗莱的谈话告诉我。当你提出那件沉船的事故时，我脑子立刻转出一个念头。首先我马上联想到那些钢罐可能就是贮存裂变废物的容器，因为这些日子我在圣劳伦斯海滩进行调查时，发现灯塔那一带海滩的沙子具有很强的放射性，我一直找不到它的原因何在。现在看来，答案一目了然，造成这种状况的原因肯定是汉弗莱那艘船上的钢罐。它们虽然沉入海底，但是那一带的海水最深的地方不过三十几米，而且海流很复杂，沉入海底的钢罐在海流的冲击下很可能破损，于是大量的裂变废物流出罐外，造成海水和沿岸沙滩的核污染……”

“对，我想起来了，你当时的确说了一句‘很可能是这样’之类的话。”我说，“可是，你马上就把这种污染和汉弗莱一家联系起来，我觉得完全不可思议。”

华林听我说罢，扬了扬眉毛，用一种惊奇的眼光瞅着我。“啊，你怎么知道我马上把这两者联系起来了？当时你觉察出来了吗？”他盘问道。

我笑道：“你不要自以为聪明。我们离开海滩，快要走上公路时，你忽然在那儿愣了一会儿，后来你马上提出要上汉弗莱家看看，我就感觉到你的思路似乎是企图把这两个毫不相干的东西硬拉到一起。说老实话，当时我很不以为然……”

“那么，现在呢，你还认为我是硬把它们拉在一起吗？”华林是个思路敏捷的人，而且善于雄辩，他的话立即把我逼进了死胡同。

我只好承认，我看不出圣劳伦斯海滩的核污染和汉弗莱家的房子有放射性这两者之间有什么必然联系，何况这里离海边还很远。我问华林：“你究竟根据什么说它们有直接的联系呢？”

华林在夹克口袋里摸了摸，像变魔术似的拿出几张彩色照片。“你瞧，这是哪儿？”他把照片放在桌上摊开，用手指头敲着桌子。

我瞥了他一眼，旋即将照片取过来。这是几幅在圣劳伦斯海滩拍的系列照片，在画面上可以看见屹立在海岬尽头的灯塔，金色的海滩上停着几辆载重卡车，前方有一台橘红色的掘土机，正从海滩上掘沙。在另一张照片上，掘土机的铲斗正在从车斗里卸下金黄颗粒的沙子，一个司机模样的中年人笑眯眯地望着镜头，嘴里似乎在说着什么。另外几张，则是满载沙子的卡车远去的画面……

我放下照片，疑惑地望着在一旁注视我的华林。我的目光分明在问他：这些照片说明什么呢？

华林笑了起来，夺回那些照片。“科学研究和侦探破案在某些方面有相似之处，这就是要善于把某些表面上毫无联系的事实有机地、综合地加以考虑，找出它们内在的实质。”他说，“就拿这几张照片来说吧，这是半个月以前在调查海岸带放射性污染时我无意中拍下来的，当时我只是发现圣劳伦斯海滩靠近灯塔那一带的海水放射性特别强，海滩的沙子也含有很强的放射性，但是对于它们的原因并不清楚。不过，当我发现有一家建筑公司的卡车在这里运沙时，我立即感到这是一个严重的问题，因为目前世界上不少国家已经注意到，某些建筑材料由于不同程度地含有放射性物质，用这种建筑材料来建造房屋会导致癌症发生。例如瑞典政府早在1974年就下令禁止使用一种含有放射性物质的混凝土构件，这种建筑材料是用一种风化的明矾页岩制成的，它的放射性对人体健康是很大的威胁。

可以想见，圣劳伦斯海滩的沙子如果用于建筑房屋，它的后果是不堪设想的。”

听华林这样一讲，我似有所悟地说：“那么，你是说汉弗莱先生家的房子是用那儿的沙子建筑的啰，可是这有什么证据呢？”

“唉，你简直想象不出，世界上的事情居然会这样巧。”华林激动地跳起来，跑到窗前，像一只敏捷的猫纵上窗台坐下，比画着说，“那天我在海边拍照时，我没有忘记向司机打听他们运这些沙子的用场。司机告诉我，沙子是用于建筑预制构件的，因为这里的沙子质地均匀，杂质很少，几乎用不着加工就可以使用。他还告诉我，本来要在这儿盖一座预制构件厂，但是市政府当局不批准，因为这一带是风景区，所以他们只好往返运输，而且规定他们只能在旅游淡季采集沙子，采集的范围也限定在灯塔那一带比较偏僻的地方。”说到这儿，华林把头伸过来低声说，“昨天我上这家建筑材料公司一打听，你知道这家公司是谁开办的吗？你绝对猜不出来！”

看着他得意扬扬的表情，我急忙问：“谁？”

华林跷起大拇指朝窗外指了指。

“是他！”我不由得倒抽一口冷气。

“对，就是咱们隔壁这位大亨。”华林用不容置疑的口气说，“他趁着当时经济萧条许多工厂濒于破产的机会，买下了几家工厂的大部分股票，其中就包括这家专门生产预制构件的建筑材料公司……”

“天哪，这样说来他是用自家生产的建筑材料给自己盖了一座坟墓，这太可悲了……”我长叹道。

“你这回可算说到点子上了。”华林说，“我亲自向汉弗莱先生做了调查，情况确实无误。”

“你找了汉弗莱先生？”

“没有。我给他挂了个电话，声称我是你的朋友，对他的不幸深表同情，并说我已经掌握了他家惨遭不幸的有关线索，希望他能向我提供真实情况。我这样讲了以后，他终于打消了疑虑……”

“他到底讲了些什么呢？”

“据他说，八年前他买下那家建筑公司后，为了解决生产预制构件的原料来源，忽然想起灯塔附近那一片海滩。当初他在海上遇难便是从那儿得救的，他对那一带的沙子有很深的印象。后来，他决定在那儿就地取材，办一个加工厂，但是当局没有批准。为了打开预制构件的销路，他用那一带的沙子产出第一批产品后，首先给自己盖了别墅，连花园里的运动场，孩子们玩耍的沙坑，都用的是这种沙子。他为此在电视里大做广告，招徕顾客。他提到这些往事时不禁有点自鸣得意。他甚至告诉我，倘若我要看电视广告，他手边还有一部拷贝……”

“他好像还蒙在鼓里，什么都不知道……”我似乎有点儿同情汉弗莱这个人了。

“不，他知道。”华林突然愤愤地说，“他说完后，我直截了当地告诉他，正是他自己的过错造成了他一家的悲剧，是他用自己罪恶的手扼杀了自己的妻子和孩子……”

“啊，华林，你太冒失了！他已经够惨了，你这不是……”

“哼，你似乎还有点儿同情他，同情这个汉弗莱是不是？”华林打断我的话，用咄咄逼人的目光注视着我，“你知不知道他的所作所为不仅害了自己一家，还害了不知道多少人家？我们现在还无法估计，这八年中他的建筑公司一共生产了多少预制构件，用这种含有放射性的产品究竟盖了多少楼房。除此之外，圣劳伦斯海滩已遭到严重的核污染，这个海滨浴场必须马上关闭，至少在短期内是难以恢复的。另外，还必须立即打捞那艘沉船，把所有贮放核废物的钢罐一个不落地打捞出来，消除污染的根源。单是这项工程，没有几百万美元就根本办不成。所有这一切，都是汉弗莱一手制造的，不管他是否自觉，他都负有不可推卸的法律责任，社会完全有权向他提出起诉……”

我默然了。华林的慷慨陈词无疑是正确的，无懈可击的。我对汉弗莱一家的不幸，尤其是对安妮之死感到惋惜，进而对汉弗莱产生了同情，固然也属人之常情，然而被华林这样一剖析，追根溯源，探明真相，又不能不对汉弗莱的罪恶感到切齿痛恨。当然，汉弗莱并不是有意去干这些坏事的，在社会的法庭面前，公正的律师将会据此提出申辩；可是在道德的法庭、良心的法庭上，汉弗莱本人将作何回答呢？

我默默地走近窗前，探首向窗外眺望，月色朦胧，万籁俱寂，园中的花木笼罩着一层半透明的轻纱，仿佛已经憩息安眠。空气中飘拂着一股浓郁的馨香，使人心乱神迷。我朝那幢死寂无声的别墅望去，那里所有的窗户都是黑洞洞的，唯有最上层的一扇窗户透出灯光。我知道，那是汉弗莱的卧室。我凝视着那扇有灯光的窗户，不由得浮想联翩。此时此刻，汉弗莱独坐窗下该会想些什么呢？他是否对自己的一生后悔莫及呢？这金钱的奴隶，他是否对自己铸下的大错痛心疾首呢？这无情的父亲和丈夫，他是否对自己犯下的罪孽深感不安呢？这社会的罪人……

突然，一声清脆的枪声打断了我的遐思。华林惊叫一声，一把抓住我的手臂，神色陡变地说："不好了！他……"

我一下清醒过来，仿佛是从梦中惊醒。枪声划破了花园的宁静，惊动了所有已睡和未睡的人。我听见花园里传来一阵声嘶力竭的叫喊声，有几个黑影惊慌地跑出跑进，别墅里的灯突然全亮了。

我和华林对视一眼，什么话也没有说，迅速地跑出楼房，一起向汉弗莱的别墅跑去……

人 与 兽

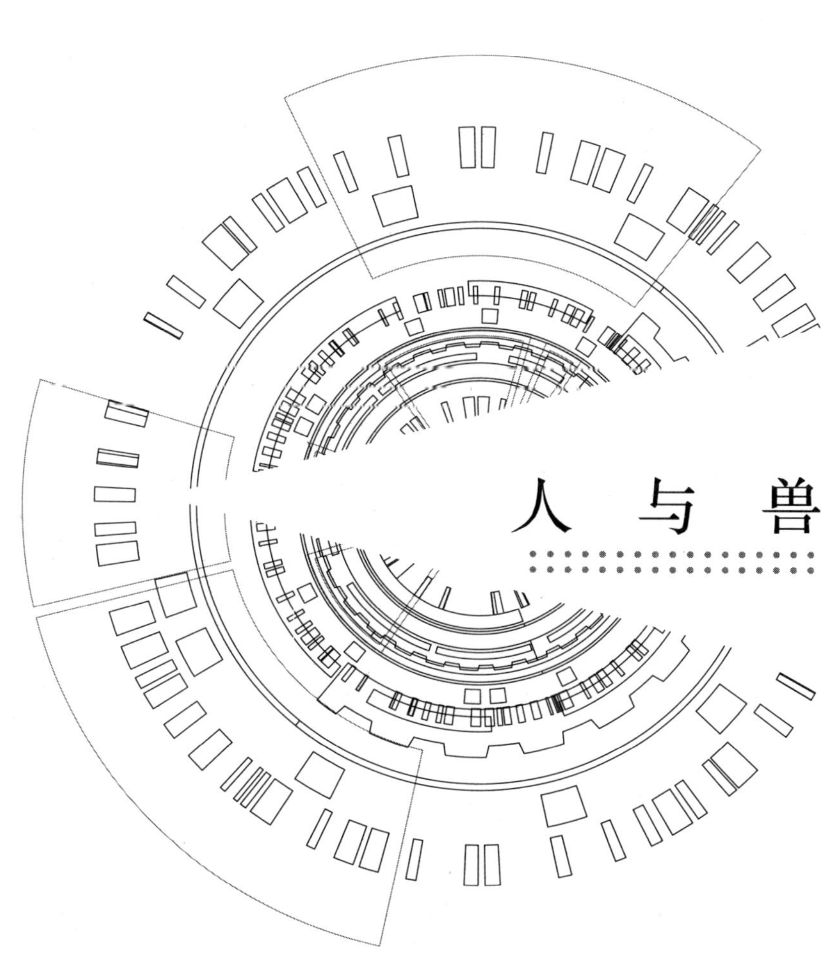

一

到达K城的当天晚上，殷勤的东道主为前来访问的中国同行安排了一场文娱活动：看马戏。

“马戏？”海洋生物学家罗林下意识地皱了一下眉头，他是个性格古板的人，平素不太喜欢观看这一类的江湖杂耍，不过出于礼貌，他的话没有冲口而出。

带来这个消息的汉斯太太——她是陪同中国海洋学家访问团的一位性格开朗的中年妇女——连说带比画地向中国客人介绍道：“啊，先生们，你们一定要去看一看，环球马戏团的节目太精彩了。”

晚上7：30，一辆面包车把中国客人送到灯火辉煌的健美体育馆，当众人随着汉斯太太来到表演场时，罗林惊诧地发现，他们走进了一池碧波的游泳馆，两旁阶梯状的看台上挤满熙熙攘攘的观众。

“咦，怎么回事？难道是游泳比赛？”罗林默默地掉过头去看着汉斯太太。

汉斯太太似乎早就胸有成竹，她手指着游泳池，幽默地笑道：“先生们，你们瞧，全体演员都在列队欢迎中国客人哩。”

经她提醒，中国科学家们纷纷伸长脖子向下望。原来献艺的“演员”都是他们十分熟悉的海洋里的居民——有风度翩翩的阿德利企鹅，有北极的“冰上之王”北极熊。在游泳池的比赛跳台上，有调皮的海狮、活泼的海豹、丑陋的海象、机警的海狗，还有鬼头鬼脑的海獭……它们像一群天真的孩子做着各种滑稽逗人的动作，一个劲儿地向观众摇头摆尾。在清澈见底的池子里，有四五条海豚正在悠闲自在地追逐。

中国客人顿时活跃起来，虽然他们的平均年龄超过50岁，其中有几位是白发银须的老教授，但是见到这幅情景时，每个人的脸上都溢出兴奋的光彩。罗林在代表团中算是最年轻的，出国前已过了50岁的生日，他一面兴致勃勃地浏览印制十分精美的节目单，一面探身对坐在前排的汉斯太太说：“太有意思了，我还是头一回听说有这样的马戏团，清一色的海洋生物，他们能搞到这么多的珍贵动物也很不容易呀。”

“那当然！”汉斯太太很高兴听到中国客人的赞美之辞，马上转过脸来搭腔道，“环球马戏团在全世界是独一无二的，等会儿你看了他们的表演，我敢说你一辈子也不会忘记的。他们周游世界，足迹遍及欧洲、美洲、大洋洲，还有亚洲许多国家，他们的演出轰动世界，被认为是第一流的……”

如果不是宣布演出的铃声响了，汉斯太太的嘴巴是不会闭住的。

在悠扬的乐曲声中演出开始了，开头的几个小节目也很平常，列像英国绅士的阿德利企鹅蹦蹦跳跳，表演了一阵节奏欢快的探戈舞，接着是群兽钻火圈和竞争激烈的水球比赛。当笨拙的北极熊在摇摇晃晃的钢丝绳上骑着一辆独轮车，从游泳池上空穿行而过时，满场爆发了热烈的掌声。

终于，最后一个节目在人们的期待中开始了。突然，全场的灯光熄灭了，只剩下一束彩虹般的光柱在游泳池的水面上缓缓移动，就在这时，乐队奏起欢快的曲子。伴随着令人心旷神怡的旋律，一头束着红绸子的海豚像一艘快艇贴着水面疾驰。在海豚的背上，一个全身洁白的女孩像白雪公主一样，一动不动地站立着，面含微笑地向观众频频招手。

汉斯太太把手里的袖珍望远镜递给罗林：“喏，你瞧，开始了。”

罗林说了声“谢谢”，接着把望远镜对准了那站在海豚身上的女孩。

这时候，海豚奔驰的速度愈来愈快，罗林的视线已经渐渐跟不上它的运动，而那个女孩的形象也逐渐模糊，在他的眼前只有一条白色的光带，像夏夜转瞬即逝的流星，又像是暴雨中一道划破夜空的闪电。蓦地，全场的灯光完全熄灭，大概是表演的女孩衣服上安装了无数的彩色灯泡，霎时间，五彩缤纷，光芒耀眼，无数的光点汇成一片连续的光环，在人们眼前盘旋、流动、闪烁，使人目不暇接。接着，掌声像暴风雨一样，人们的欢呼和喝彩声把乐队的声音全都盖过了。

不等观众的情绪平静下来，另一出更加精彩的表演把人们深深吸引住了。罗林透过望远镜，看见女孩被海豚轻轻托出水面，接着步履轻盈地绕着游泳池缓缓而行。她的右手握着话筒，面对看台的观众，边走边说："女士们，先生们，请哪一位提一个问题，维娜斯将回答你的问题。"她所说的维娜斯是那只身上披了绸带的海豚，它此刻贴着池子的边沿缓慢游动，和那个女孩始终形影不离。

罗林十分兴奋，然而他的兴奋并不仅仅是出于好奇。他是一个颇有成就的海洋生物学家，具体说来，他几乎花了20年的时间致力于海豚的智力研究，他懂得海豚是海洋里最聪明的智慧动物，只不过人类目前还无法与海豚进行交流，也没有解决用语言的手段和海豚直接对话的难题，因而训练海豚和驯养它为人类服务遇到难以逾越的障碍。当然，从科学的进程来看，海豚大脑的奥秘终究有一天会揭开的，罗林对此满怀信心。可是他万万没有想到，此刻，就在这样一个偶然的场合，他梦寐以求的奇迹居然出现了。

的确，罗林的眼前出现了难以置信的奇迹，是他自己的眼睛和耳朵亲自感受到的。他发现当观众中有人即兴提出一个问题时，那只束了红绸子的维娜斯立即会意地跃出水面，游近池子旁边供运动员上下的扶梯。那里悬放着一台英文打字机，一端连接着一台电传机，池子旁边有两块桌面大小的荧光屏。维娜斯像回答老师提问的小学生一样，把流线型的躯体靠在扶梯上，接着用它的鳍肢熟练地按着打字机上的键盘，它的动作非常轻巧、准确，几乎使人怀疑它的身上长出了灵巧的手。一阵噼噼啪啪的键盘声过后，荧光屏上即刻显示出放大的字幕，那分明是海豚维娜斯的答案了。

罗林被海豚的表演震惊了，他完全忘记了自己的身份。几秒钟后，他三步并作两步来到女孩身旁，他要亲自检查一下海豚表演的真实性。

"小姐，可以允许我提几个问题吗？"在观众热烈的哄笑声中，罗林问道。

这时他才发现女孩只有十二三岁，一头乌发，长得很秀气，肤色颇似东方人，连脸型也像。女孩大概也觉察出对方不是当地人，而且她分明瞥见罗林胸襟佩戴着中国海洋学家代表团的标记，刹那间，女孩的眼睛迸射出喜悦和惊异的神情，但她很快控制了自己，随即彬彬有礼地含笑答道：“先生，请吧！”

“我可以用汉语和它谈话吗？”罗林不知怎么突然问道。

女孩迟疑片刻，但她立即回答：“请便，可以试试看。”

罗林在众目睽睽下离开了女孩，走到悬放打字机的池畔。那只海豚这时已经游到扶梯上，从水中伸出半截身子，用它的鳍肢按动了键盘。

罗林的注意力这时完全被海豚的举动所吸引，当他发现打字机的纸片飞快地跳动时，不禁好奇地蹲在一旁。

在一阵喝彩声中，很快，罗林看见打字纸上出现了一行维娜斯的问候：

“欢迎您，来自中国的科学家！祝你们访问成功！”

奇迹，这分明是维娜斯听见了他们刚才的对话，而且它具有极其敏捷的思维能力，能够迅速做出判断。罗林此刻已经无法怀疑眼前的事实了，他确信这是一只经过特殊训练的海豚，是它的主人用某种目前还不为世人所知的方法创造了这一奇迹。

观众席上不知是谁把照相机对准了罗林，耀眼的闪光灯啪啪地闪个不停。

被喜悦和激动所包围的罗林已经忘记了周围的一切，忘记了游泳馆内几千双眼睛，忘记了这是在异国的土地上，他情不自禁地大声问维娜斯，而且是用汉语向它提出一连串问题。

“维娜斯，你的家乡在什么地方？”罗林问。

“海洋，蔚蓝色的、辽阔无边的海洋。”维娜斯照样用打字机回答。

“你喜欢什么？”

“自由！”

“那么，你是怎么来到这里的？”

“对不起，我不能告诉您。”

“为什么？”

“……”那头海豚富有表情的小眼睛向罗林注视了一会儿，突然返身潜入池中。

观众席上又爆发了一阵哄笑声和热烈的掌声。

罗林失望地从池畔站起，打算找那个女孩谈谈，他最关心的是这头海豚是谁训练的，采用了什么手段，以及其他许多令人难解的疑问。可是，就在这时，游泳馆内响起一阵沉闷的钟鸣，宣告今晚的演出结束。

观众们带着满意的心情纷纷退场了，罗林却恋恋不舍地在场上徘徊。女孩已不见踪影，维娜斯转眼也消失不见了。罗林踮起脚尖四处张望，游泳池四周除了几个体育馆的工人在收拾场地，环球马戏团的全体演员一个影子都没有了。

“奇怪，这是怎么回事？”罗林自言自语地咕哝道。

罗林闷闷地回到车上，他的同行们正在七嘴八舌地展开热烈的争论。有人惊叹不已，认为海豚维娜斯的智力达到这样高的水平是一个了不起的奇迹。但也有科学家对这场表演表示怀疑，他们认为在那台打字机或者荧光屏里说不定搞了鬼。“怎么可能呢，完全是骗人的魔术，只不过手法比较高明罢了。”坐在车门旁边的一个上了年纪的海洋地质学家，以不屑一顾的神气下了结论。

“也许这是一头怪兽，在动物分类学上还没有记载过的吧。”从车后冒出一句半开玩笑的话，说话的是一个活跃的女总工程师。

“我们应该尊重事实。”罗林用平静的语调回敬了一句，接着说，“我亲眼看见那只海豚是怎样按键盘的，它的动作熟练，丝毫没有什么作弊的地方，而且当时打字纸上马上打出了它的回答。”不管怎么说，罗林是最有发言权的了。

“打字纸上有字吗？”不知是谁问了一句。

“当然，和荧光屏上显示的完全一致。如果你们不相信，我这里还有一张海豚打出来的纸头，哪位感兴趣的话，回去可以当面检验。”

罗林的话刚说罢，车内的气氛顿时活跃起来，这个重要的细节打消了那些人的疑惑，虽然他们对其中的奥秘仍然感到困惑。

可是也有不服气的，坐在车门前的老海洋地质学家吴教授压根儿就不相信，他转过身来用揶揄的口吻问罗林：“罗教授，我倒要请教一下，那头叫维娜斯的海豚居然能懂汉语，这个现象做何解释？你不觉得有点奇怪吗？还有，它为什么不回答你提出的最后一个问题？我记得，你当时好像是问它……”

“我问它是怎么来到这里的。”

“对，它说无可奉告。”

“嗯，是这个意思。”

“好，就这么两个问题。请你解释解释。”吴教授以挑战的姿态向罗林报之一笑。

车内蓦地沉寂下来，只有车轮轻轻的富有节奏的沙沙声，人们都以极大的兴趣等候罗林回答。

罗林沉吟片刻，把目光移向车外，外边明晃晃的灯光和热闹的夜市似乎未能引起他的兴趣。吴教授观察的细致和思路的敏捷，不能不使他暗暗佩服。应该承认，他还没有来得及冷静思考这些问题，也未能从不同的角度思量这场表演的疑点。倒是这番提示，使他想得更多更远了。也许是科学家的本能，他谈起自己多年研究的令人神往的课题。在座的海洋学家中间，唯有他是研究海豚的。

“大家知道，海豚是地球上仅次于人类的、大脑最发达的动物，一头成年海豚的脑重平均为1.6千克，和人差不多，还稍多一点，而我们通常认为最聪明的猩猩，它的脑重不足0.5千克。当然，从脑子的重量和体重的比例看，还是人类占第一位，人脑占体重的2.1%，海豚占1.17%，而猩猩只有0.7%。不过，海豚的大脑沟回很多，说明它的智力是很发达的。

“应该说海豚的智慧很早就被人类发现了，许多国家流传着不少有关海豚的传说，甚至还赋予了神奇的色彩。其中流传最广的莫过于海豚救人的故事。大家也许听说过海豚皮罗列斯·杰克的故事，这是新西兰南岛和北岛之间的皮罗列斯海峡里的一头海豚。1899年一个风高浪急的日子，一艘满载旅客的轮船通过这道海峡，遇到了险恶的风浪，随时都有触礁的危险。因为这道海峡暗礁林立，滩多流急，即使是风平浪静，也被视为畏途，何况遇到这样的坏天气。那时的航海设备比较差，没有雷达等导航仪器，情况十分危险，连有多年航海经验的船长也绝望了，旅客的惊慌和恐惧可想而知。就在这时突然出现了奇迹，在惊涛骇浪之中出现了一头海豚，它似乎觉察出这艘船遇上了麻烦，不停地在船的周围游来游去，似乎是打算为这艘不知所措的船导航。这个不寻常的现象首先被船长发现，他抱着侥幸的心理命令跟随，海豚往哪儿游就往哪儿开。果然，海豚小心翼翼地避开了暗礁和浅滩，把船引向了正确的航线。它是那样恪尽职守，始终和船保持一定距离，不分昼夜地在风浪中搏斗，一刻也没有休息。几天过后，风停浪息了，最艰苦的一段航道也被远远抛在后面，轮船驶入了开阔宁静的库克湾。也许是看到这条船已经安全脱险，那头好心肠的海豚便从海面上消失了。

“据说这件事当时轰动一时，成为世人注目的新闻，人们还给这只海豚起了个皮罗列斯·杰克的名字。后来在皮罗列斯海峡，人们不止一次看到它的踪影，也断断续续听说它为船只导航的故事。大约是20年后，这头海豚才突然不见了。有人说是被挪威捕鲸船捕杀了，或者是其他原因，总之它再没有出现过了。

“当然，对皮罗列斯·杰克的行为，以及海豚的其他与众不同的习性，到底怎样解释，至今仍众说纷纭。仅仅是动物的一种本能呢，还是海豚的大脑发达到了具有思维判断能力？应该说直到今天，科学界对此尚未取得一致的看法。从第二次世界大战以后，对海豚智力的研究已经大有进展，正如我刚才提到的，科学家发现了海豚之所以聪明，是因为它有一个发达的大脑，而且它的大脑还有一种特殊功能，在它睡眠时大脑的两个半球可以轮流休息，因此它的大脑的功能也大大超过其他动物，连人类在这一点上也望尘莫及。此外，海豚还具有极其敏锐的分辨不同物体的能力，科学家们发现海豚体内有一种回声探测器官，类似声呐，能够在任何复杂的环境中辨认方向，控制行动。正是海豚具备这种种天赋的本领，对它的利用便成为海洋生物学家热衷的课题，而且是军事部门最先对海豚产生了浓厚的兴趣。

“不过，当前最令人感兴趣的还是如何沟通人类和海豚的思想。科学家们发现海豚有自己独特的语言，它们之间是用语言交流情感、传递消息、互相联系的。只不过这种语言对人类来说至今还是一种密码，无法解开的密码。虽然用训练的方法，可以使海豚通过条件反射理解人类的语言，但是目前所取得的成就仍是令人不能满意的，充其量不过是驯兽师的水平，说得不好听，就像赶大车的吆喝牲口一样，只有那么有限的几句，要实现人类和海豚的直接对话，还差得很远很远。”

罗林的侃侃而谈，引起了科学家们的很大兴趣。在专业分工愈来愈细的今天，这位海洋生物学家的介绍，对其中某些人来说，还是第一次听到的新闻。谁也没有打断他的话，似乎是期待着从他嘴里听到令人满意的结论。

罗林说到这儿，环顾了一下四周，他发现人们的目光都集中在自己的脸上。“我想，用不着多加解释，大家一定明白我为什么对今天的表演特别感兴趣。”他微笑道，“如果事实证明这一切都是真实的，那么我敢打赌，我们今天看到的不是一场马戏，而是科学上的一个奇迹，也许明天这会是轰动世界的新闻。”

大家仍在眼巴巴地等着他的下文，可是他突然宣布：“好了，说得太多了，就此为止。”说罢，他往后一仰，把身体靠在沙发背上，不吭声了。

还是那个吴教授打破了沉默。“高论，高论，至少对我这个成天和石头打交道的人是顿开茅塞。”他望着罗林说道，“不过罗教授，你并没有回答我的问题，两个问题哟，哈哈……你回避了实质问题。”吴教授伸出两个指头，故意朝罗林摇了摇，同时得意地大笑起来。

“吴老……”罗林哪里肯就此罢休，他抬起上身，似乎是准备把论战继续下去。这时坐在一旁一直没有讲话的汉斯太太却误解了他们，她以为中国客人顶撞起来，特别是她看到罗林的情绪颇有点激动，便连忙打断他，说："先生们，我看你们用不着争论，如果有兴趣的话，我可以联系联系，你们可以找一找环球马戏团，亲自和那个小姑娘谈谈。"

她的话音未落，立即有人响应，不知是谁拍起巴掌来了。

"汉斯太太的意见最好不过，罗教授可以再找他们谈谈。"坐在前排的一个不爱讲话的海洋矿床学家慢条斯理地说。他和汉斯太太一样，担心这场讨论继续下去会争吵起来，所以便采取了息事宁人的办法。

其实担心是多余的，他们下榻的五月花饭店到了。

一下车，人们就把这场讨论忘得一干二净了。

只有罗林一个人没有忘记。一连几天，他心事重重，一闭上眼睛就看见那个黑头发的女孩和那头聪明绝顶的海豚。她和它的影子老是纠缠着他，在他的面前晃动。有好几次，他忍不住想找汉斯太太，问问她通过什么途径可以找一找环球马戏团，但是一见到汉斯太太，这位热情的妇女为安排代表团的活动忙得不亦乐乎，罗林把到了嘴边的话又咽回去了。

二

很快，在K城四天的访问即将结束，次日中午代表团将离开这个好客的城市，飞往五百千米外的一个著名的海洋科学中心参观。动身前的头天晚上，东道主在五月花饭店二楼宴会厅举行了隆重酒会，一来为中国客人饯行，二来借此机会联络两国科学家的友谊。出于这两方面的考虑，邀请的范围大大扩大，酒会的规模也就相当可观了。

这天晚上，五月花饭店打扮得像新娘一样，五光十色的彩灯像灿烂的火花点缀在楼前一列屏风似的树冠上，喷水池的十几束水柱织成了晶莹的玉树银花。不待太阳西垂，停车场已经被五颜六色的汽车塞得水泄不通，应邀赴宴的客人携同他们的夫人，有的甚至是全家出动。据汉斯太太讲，K城人对中国客人表现出来的热情是前所未见的。

酒过三巡，罗林端着一杯葡萄酒走到汉斯太太面前，对她热情周到的接待表示感谢，碰完杯，说了些应酬话。这时，一个金黄头发的女招待穿过人群径直走向罗林。

“请问，您就是罗教授吗？”她彬彬有礼地问。

罗林点点头：“是我，有事吗？”

“罗教授，外面有人找您。”

“找我？在哪儿？”

“请跟我来。”

罗林连忙向汉斯太太道了声“对不起”，便跟在女招待后面走去。他有些纳闷，在这个异国的城市里，有谁会来找他呢？

走出宴会厅，女招待指着走廊的尽头说：“就在那儿。”她一边说一边加快了脚步。

“小姐，是个什么样的人？”满腹狐疑的罗林问道。

女招待比画着说道：“先生，和你一样，中国人，一个老头儿，还有一个小姑娘。”

罗林越发像丈二金刚——摸不着头脑了。

女招待朝罗林嫣然一笑。

到了走廊尽头，拐个直角弯，女招待指了指一间空荡荡的吸烟室。门是敞开的，罗林一眼瞅见靠窗的沙发上坐着一个男人，他身旁偎着一个女孩。

他们发现女招待带着罗林进来，慌忙迎上前来。

女招待把罗林介绍给客人，转身离开房间。在这一瞬间，罗林高兴得不知说什么才好，他万万没有料到，那个小姑娘不是别人，正是那天和海豚一起表演的女孩。只不过她此刻的打扮变了，上身是件杏黄色碎花的紧身服，和下身的尼龙裤搭配起来，越发显得身材苗条，娉婷动人，连年龄似乎也大了几岁。见到罗林进来，她那一双宝石般的黑眼珠闪动着激动的光彩，两颊顿时升起一团红晕。

“啊，是您，真叫人高兴。”罗林快步迎上前，情不自禁地说道。

小姑娘不好意思地垂着头，讷讷地说：“先生，您不会见怪吧，我们事先没有征得您的同意，就来打扰您。”

“说哪儿的话，我一直想找您。”罗林笑道，接着把视线移向站在一旁还未开口的那个男人。

他们的目光不期而遇，罗林一震，那人的一对灼热的、充满信赖的眼睛使他脑海里的模糊记忆顿时变得清晰起来。他想起一个早已忘却的面孔，在那张洋溢着青春活力的刚毅的脸庞上也有这样一双热情奔放的眼睛，简直一模一样。可是，罗林失态仅仅是一刹那的事，前后不过一两秒钟，记忆的火花迅疾熄灭了。站在面前的这个男人却是完全陌生的，说不上他的准确年龄，他那宽阔的额头布满蛛网般的皱纹，脸颊由于牙齿脱落塌陷下去，更增加一番老态。当他下意识地摘掉头上一顶半新的遮丑的呢帽时，露出了光秃秃的脑袋，毛发全无，像害过伤寒的病人似的。不过，罗林从对方那富有表情的眼神中，隐约感到他比自己想象的要年轻得多。

那人的脸上现出一丝苦涩的笑意，他显得有些激动，双手不停地搓揉那顶呢帽。“你不认识我了……”他终于用颤抖的声音说道，“也许是我老得不成样子……”

罗林更加茫然，他怔怔地打量对方，喃喃道：“你……你是……”

“罗兄，我是大鹏呀，你忘啦？”那人突然大声说道。他的眼睛湿润了，一串浑浊的泪珠顺着脸颊流动……

“大鹏……大鹏……”罗林重复念叨着这个名字，倒退了一步，惊愕地打量着对方。一切来得太突然了，他几乎难以相信眼前是不是一种幻境。“这不是做梦吧……你还活着……”好半天，他的神志还有点恍惚，喃喃自语道。

经过一阵困惑和慌乱，罗林终于认出这个未老先衰的男子，他叫吴大鹏，他青年时代最要好的挚友。积蓄在胸中多年的悲伤和痛苦再也无法抑制了，罗林冲上去张开双臂把吴大鹏紧紧搂住，两个男子汉泣不成声了。

女孩虽然不太理解大人的心情，但也在一旁呜咽起来。

过了几分钟，大概是女孩的哭声提醒了他们，罗林松开吴大鹏，一把搂住女孩：“别……别哭，好孩子。”他问吴大鹏，“这是维维？”当对方忙不迭地点头时，他不禁悲喜交集地说：“啊，都长这么大了……”

几分钟后，他们一起来到罗林下榻的房间，一种渴望解开心头疑团的复杂心情，使罗林一时无法平静下来。他坐在吴大鹏对面的沙发上，一只手爱抚地搂着维维，回忆着往事……

十几年前一个月朗星稀的夜晚，大学放了暑假。罗林亲自开车送吴大鹏和他的妻子朱竹筠到码头，把他们一直送上远洋巨轮“海神”号，他记得当时朱竹筠的怀里还抱着出世不久的维维。大鹏和他的爱妻高高兴兴上了船，他们是去享受一次令人羡慕的环球旅行。那时，罗林在中国香港一所大学任教，吴大鹏却是一家电影公司的导演，有时也在影片里扮演不太重要的角色。他们彼此的爱好、气质和从事的职业尽管大不相同，但这一对从小一起长大的伙伴却情同手足，罗林比吴大鹏年长几岁，吴大鹏视他为兄长。踏入社会后，两家的来往依然十分密切。临别之际，吴大鹏说好每到一地就给罗林写信，并把他家房门的钥匙交给罗林托他照管。可是，罗林万万没有料到，“海神”号启程后一个多星期竟然触礁沉没，音信绝无。当罗林从报上得知这一噩耗时，他的心几乎碎了。他到处奔波，向有关当局探听“海神”号的消息，不惜重金弄到一份绝密的“海神”号失事报告，期望从幸存者名单中找到吴大鹏一家的名字，结果一无所获……

“大鹏，竹筠她……”心绪不宁的罗林终于鼓起勇气问道，在他装着无数疑问的脑子里，这件事始终是他最放心不下的——虽然他从直觉中早已猜出七八分。

吴大鹏脸颊的肌肉抽搐了一阵，他低着头不停地抽烟，目光呆滞地望着地毯上面的图案，似乎没有听见罗林的询问。沉默片刻，他猛地把烟蒂掐灭，抬起眼睛说："一言难尽啊，罗兄，我真不知该怎样和你说起。"他愁苦地摇摇头，叹了口气道，"竹筠她早已不在了，在那次'海神'号失事时，她带着维维和船上的妇女登上了一艘小救生艇，以后再也没有见到她。我和许多男旅客留在船上，因为装不下这么多人。可是后来听说救生艇全部被风浪击沉了……"

罗林的心微微一颤："那维维是怎么得救的？"他纳闷地问道，同时瞅了瞅身边的女孩。

"你听我说，"吴大鹏呷了一口水，说道，"我和维维能够死里逃生，活到今天，还能在这里和你见面，说起来恐怕你不相信，这完全是奇迹。我一点也不骗你，维维这条命并不是人类救起来的，她的救命恩人是维娜斯。"

罗林这下吃惊不小，他差点跳了起来，问道："维娜斯？你是说那只海豚？"

吴大鹏点了点头，这时坐在一旁凝神听着他们谈话的维维用手拽了拽罗林的袖口，轻声告诉他："罗伯伯，爸爸说的都是真话。"

"是呀，维维和海豚一起生活了很长一段时间。"吴大鹏补充道。

"天哪，真的还有这样的怪事？"罗林惊叫起来，他激动得无法自制，在地毯上不停地踱来踱去，"你快讲，到底是怎么回事？"

三

航行的第九天，睡在头等舱房的吴大鹏被小女儿吵醒，一看表，他吃了一惊，快九点了，往常这个时间早餐都快结束了。可是舷窗外面灰蒙蒙的，好像天还没亮。他觉得有些蹊跷，连忙唤醒睡得迷迷糊糊的妻子，接着披上衣服上了甲板。

海上起了雾，吴大鹏只见眼前混沌一片，像骤然走进了浴室，被一团白蒙蒙的水蒸气包围起来。太阳隐没了，连几步之外的船身也只能看出模糊的轮廓。如果不是船身的震动和轮船间或发出的一阵拖长音调的汽笛声，谁也无法判断船是否还在航行。船在浓雾中移动得很慢，从水手们暴躁的吆喝声和来回奔跑的脚步声，吴大鹏隐隐感到一种不安。他上前拦住一个大胡子的船员，向他打听消息，据这位船员讲，此刻船正通过险恶至极的雾海，这一带常年是雾气腾腾，遮天蔽日，只不过今天的雾特别大。

"我在海上干了二十四年，头一回见到这么大的雾。"那个船员咕哝道。

"朋友，你看要不要紧？"吴大鹏试探地问了一句。

那个船员耸了耸肩膀："这个……恐怕只有上帝才知道。"

到了晚上——实际上这时已分不清白天黑夜，雾更密更浓了，浓烟似的湿雾从门窗的缝隙里钻进船舱，像鬼魂一样在人们周围，在桌子和床铺之间来回游荡。汽笛一声紧似一声，人们内心的不安随着黑夜的降临愈来愈加重了。

吴大鹏闷声不响地望着妻子的背影。在他的眼里，朱竹筠是个性格怯懦的女子，可是，他没有料到，面对着如此险恶的处境，她却显出了异乎寻常的冷静。她好像有种不祥的预感，神经质地取出救生衣套在女儿身上，接着又叫吴大鹏穿上救生衣，不管丈夫怎样劝说，她都固执得叫人吃惊，几乎是用命令式的口吻强迫吴大鹏套上臃肿的救生衣的。刚坐下来歇口气，她忽然想起什么似的，跳起来叫吴大鹏把箱子拿来。

"筠，你这是干什么？"吴大鹏见她神态有些异样，担心地问，"你休息休息吧……"

"你甭管，叫你拿你就拿，快点嘛。"她生硬地答道，言语中显得颇不耐烦。

吴大鹏二话没说，从衣柜里取出旅行箱，他怔怔地望着妻子。只见她接过箱子放在床上，从里面取出带着在路上吃的食品，她把罐头、饼干分成两份，自己留下一份装进塑料口袋，另一份塞进吴大鹏的口袋里，救生衣的几个口袋塞得鼓鼓囊囊的。

“你瞧你，哪里会到这一步嘛。”吴大鹏见状哭笑不得，连声说道。

“少废话。”她这才安静下来，把孩子抱在怀里，一边抚弄着女儿颈项上的金项链，一边对丈夫说，“到时候万一有个好歹，我照看孩子，你自己千万机灵着点，别那么马马虎虎的。”

吴大鹏见妻子把事态看得这般严重，心里并不以为然。他是个天生的乐天派，也许是艺术家的气质吧，他故意说说笑笑，企图冲淡一点舱房里的恐惧气氛。可是这一次，心烦意乱的竹筠几次打断了他。他发觉妻子的眼里含着泪花。

这是一个惶惶不安的夜晚，尽管事先并未正式通知，但几乎没有一个旅客敢像往日那样放心大胆地休息。睡前，竹筠找来一根又宽又长的红颜色的尼龙布带，把女儿身上的救生衣捆得结结实实。

到了后半夜，睡得迷迷糊糊的吴大鹏被一阵剧烈的震动惊醒了，他头一个感觉像是发生了地震，只听见床头柜上的杯子和其他小零碎哗啦一声滚了下来，身子底下的床铺嘎嘎作响，晃个不停。门外的过道里人声嘈杂，乱作一团，同时，尖厉的汽笛声和发生紧急情况报警的钟声响个不停。

“不好了——”他惊慌地跳下床，连忙伸手去搀扶妻子。

“别慌！”朱竹筠抱起身边熟睡的女儿，强作镇静地说，但吴大鹏感觉出妻子的手微微发颤，连纽扣也扣不上了。

蓦地，他们同时发现船身已经明显倾斜，这间不大的舱室歪向一边了。吴大鹏当即打开舱门，跑出去探听确切的消息。当朱竹筠的双脚刚刚着地，吴大鹏风风火火地跑了回来。“快，快，不好了，不好了……”他上气不接下气地对竹筠道。

竹筠这时脸色陡变，她慌忙问道：“你听到什么啦？”

惊慌失措的吴大鹏结结巴巴地告诉她，一出舱门，他便看见人们像潮水一样涌来，底下几层的旅客都挤在楼梯上往上跑。听说，船撞在暗礁上，海水已经涌入底层的货舱，而且开始向轮机舱倒灌，如果这样，这条船随时都有爆炸的危险……

吴大鹏听到的消息虽然并不十分准确，但“海神”号实际的情形比这还要严重得多。刚才那一阵剧烈的震动，不但在船身的外壳上划开一道十来米长的裂缝，而且最可怕的是，它的钢铁铸成的龙骨像一根火柴似的拦腰折断——这艘漂亮的旅游船的命运就这样决定了。

竹筠被吴大鹏带来的可怕消息吓得号啕大哭起来。就在这时，墙上的扩音器响了，船长向全体旅客正式宣告“海神”号不幸触礁的消息。他的声音嘶哑，充满了内疚和悲哀，他几乎是用祈求的语调说的。他要求全体旅客保持镇静，维持好船上的秩序。他说船上备有四艘救生艇，不过救生艇仅仅可以容纳二百八十名旅客，目前船上光妇女和儿童就有二百七十人，还有几个病号。最后，这位倒霉的船长绝望地说道：

“先生们，朋友们，我以一个海员的名义请求你们，以牺牲自我的精神把生的希望留给妇女和我们的孩子们，四艘救生艇只能安置他们。其余的男人请到主舱前甲板集合，全体船员各自坚守岗位……愿上帝保佑你们……”他的声音低沉，但他的话却意外地打动了人们的心，消除了人们的恐惧心理，使人感受到一种崇高的信念和内在的力量。在这一瞬间，勇敢战胜了怯懦，镇静代替了惊慌，人性中最闪光的财宝——善良、友爱、自我牺牲这些品质，从人们心中发掘出来了。

船长的话音刚落，竹筠一把搂着丈夫的脖子，哭得死去活来。“不，我不去……我们要死就死在一起……”她边哭边说。

吴大鹏的鼻子一酸，泪珠扑簌簌地滴在爱妻的青丝上：“筠……别这样，你好好照看维维……”他已经泣不成声了。

竹筠泪流满面，哭得更加伤心。但是时间不等人，扩音器中不断传来催促的声音。这一次，吴大鹏再也不能言听计从了，他连劝带说地把竹筠拽出舱门，抱着心爱的女儿，向指定的地点匆忙奔去。

主舱的前甲板上，几艘救生艇徐徐放下，在黑雾沉沉的海面降落了。在船首探照灯光柱的辉映下，几百双眼睛凝视着这惊心动魄的场面，居然听不见一点嘈杂的声音。气氛是异样的肃穆庄严，只有抑制的抽泣和船员们压低嗓门招呼妇女儿童登上救生艇的声音，谁也不愿意惊动这可怕的寂静。在死神面前，面对无可挽回的死亡，人们镇定自若，视死如归，表现了无比高尚的品德和大无畏的精神。也许是受到这种精神的感召，竹筠的情绪安定下来，她偎依在丈夫的肩膀上，眼睛里闪射出坚毅的光芒——这是蔑视死神的光芒。过了一会儿，当轮到她上艇时，这个变得无比坚强的女人默默地拥抱了丈夫，接着把手中的孩子捧到丈夫面前，让他亲吻孩子的面颊。“保重……我等着你……”她哽咽地说。这是她最后的临别赠言。

四艘大大超员的救生艇在浓雾弥漫的夜海中很快消失了，它们在浪涛中晃动了几下，即刻被无边的黑暗吞噬了。吴大鹏目送救生艇在黑暗中消失，心情颓丧地回到自己的舱室。他坐在沙发上不停地抽着烟，脑子里乱作一团。起先，他打算和不幸的“海神”号同归于尽，安安静静地坐以待毙。可是，转念一想，竹筠和孩子已经死里逃生，自己何不赶快逃命，说不定还有一线希望。他想起竹筠的叮嘱，猛然醒悟，于是他扔掉抽了半截的烟蒂，立即夺门而出。他知道，剩下的时间已经不多了。

“海神”号完全空了，刚才还是人声鼎沸的巨轮，此时静得像个坟地，吴大鹏扶着船舷的栏杆踉踉跄跄地向船尾走去，他看不见一个人影，也碰不到一样有生命的东西。

他的心头突然产生了一种莫名的孤独感。他飞快地跑着，茫然地向前面灯光昏暗的地方跑去。蓦地，他一个趔趄摔在地上。

他忍着痛挣扎着爬起来，就在这时，他的眼睛一亮，绊倒他的竟是横在路上的啤酒桶，一只很大的结实的木桶。这是一个意外发现。

他没有犹豫，不知哪里来的那么大力气，他飞快地把木桶推到船帮。

他眯缝着眼睛朝脚下打量，确信下面没有危险，于是他奋力把木桶抛入海中，接着纵身跳了下去。

现在，这只啤酒桶成了他的“诺亚方舟”，游出两百多米远时，一声惊天动地的爆炸把“海神”号抛入半空，接着熊熊火光把海面照得通红，“海神”号沉没了。吴大鹏的心揪得隐隐作痛，他为那些不相识的旅伴的不幸而悲痛欲绝，同时也为自己绝处逢生而感谢上苍。此刻，他什么也不想了，望着海面上的浓烟和火光渐渐暗淡，最终和大雾融为一体，他立即振臂向远方划去……

吴大鹏高兴得太早了。他完全不知道，“海神”号卷入了大洋中一股强大的暖流，这股暖流像湍急的巨川在水温比它低得多的大洋中奔腾咆哮，激起了无数漩涡，而且形成浓密如幕、经久不散的雾障。他在这湍急的海流中漂泊，随波逐流。

三天过去了，他既没有遇到营救的船只，也没有碰见哪怕是一块巴掌大的露出海面的礁石。风浪大得可怕，他一会儿被抛到高耸的浪尖，一会儿又被丢进深陷的波谷。他从未经受过这样的折腾，浑身的骨头几乎快散了架子，一阵阵头晕恶心向他袭来，渐渐地，他的神志开始昏迷，只不过纯粹是一种生存的本能，他的一双手还死死地抠住木桶的边沿，一刻也没有松开……

第五天，吴大鹏在昏迷中觉得背上烤得发烫。他费力地睁开苦涩沉重的眼皮，原来大雾不知什么时候消散了，多日不见的灼热的阳光在波平如镜的洋面洒下了点点金光，使他感到一阵目眩。他这时觉得喉咙干渴难耐，像是快要冒出火来，便撑起虚弱的身子，以便腾出手来舀口海水润一润嗓子。就在他的脑袋抬起时，前面不远的海水骚动起来，他发现有无数的鱼雷状的黑色躯体推波逐澜，迅速朝他这边靠拢。在这一刹那，一个恐怖的念头攫住了他：鲨鱼！他意识到自己遇到了一群凶恶残忍的鲨鱼。顿时，他把干渴忘到九霄云外，迅即调转方向，使出吃奶的力气逃命……

正当吴大鹏惊魂未定时，远方出现几个飞驰而来的黑点，不一会儿，他辨认出它们是船只。原来这是三艘在公海上游弋的捕鲸船，属于一个跨国渔业公司的远洋船队，船员们从望远镜中老远就发现了吴大鹏。

在这生死关头，他又一次脱险了，一艘捕鲸船靠近了他，扔下了尼龙软梯。吴大鹏舍弃了他的“诺亚方舟”，艰难地攀缘而上，在他被一名水手拽上甲板时，他看见船员们挤作一团，在那里指手画脚，议论纷纷，有人甚至兴奋地吹着口哨，怪声怪气叫起来。当吴大鹏发现人们是因为那一群鲨鱼而激动不已时，便不再理会了。

他被带到了船长室，一个身材颀长的老船长迎了上来，他是个丹麦人，会一口流利的英语。当吴大鹏向他讲起海上的鲨鱼险些要了他的命，对他们搭救他说了些感谢之类的话时，这个丹麦人咧开嘴笑了起来。

“先生，你完全误会了，那不是鲨鱼，而是一群聪明善良的海豚。”他纠正了吴大鹏的错误，并且兴致勃勃地告诉他，是他最先从望远镜里发现那些海豚的，而且其中一头海豚的背上还驮着一个婴儿，周围有七八只海豚护卫着它，好像随时提防婴儿滚下来似的。说罢，他摘下胸前的望远镜递给吴大鹏：“喏，你瞧！”

吴大鹏将信将疑地举起望远镜，朝海上望去。他在镜筒里找到了那一群动物，真是海豚，接着他找到船长所说的那只海豚，在它的背上确实有个模模糊糊的物体。他惊呆了。那海豚驮着的婴儿不是别人，正是他的亲骨肉。孩子被一件过分肥大的救生衣包裹着，在救生衣外面，结结实实捆了一条鲜艳的红带子……

望远镜从吴大鹏的手中滑了下来，他大叫一声：“维维，我的孩子……”便不顾一切地冲出船长室。

丹麦船长下命令，开足马力。

当捕鲸船溅起浪花，向海豚群驶去时，这些乖觉的动物已经游到很远很远，渐渐化为小小的黑点消失了……

吴大鹏悲怆地大叫一声，当即昏厥过去。心灵的创伤，命运的打击，给他的刺激太大了，他连续发高烧，处于昏迷状态，不断说胡话，幸亏热心肠的丹麦船长和随船医生的细心照料，他总算渐渐康复。一个月后，当捕鲸船停在新西兰的海港城市——克赖斯特彻奇时，他勉强可以走动了。这场大病彻底毁了他的健康，他原是个身材魁伟、肌肉发达的美男子，这时却形销骨立，衰弱不堪，满口的牙齿掉光了，头发也全部脱掉。当他瞧见镜子里的一副皮包骨头的面容时，他几乎连自己也不认识了。

四

捕鲸船在克赖斯特彻奇要待两周卸货，同时准备下一次航程。吴大鹏谢绝了丹麦船长的挽留，决定去投靠此地的一个朋友——环球马戏团的老板麦金斯先生。当年，吴大鹏和他曾经合作拍过一部功夫片，有过一段友好的交往，后来不知为何他改行搞马戏了。吴大鹏很顺利地找到了麦金斯先生。本来他仅仅打算借笔回国的旅费，可是当麦金斯很感兴趣地听罢他的不幸遭遇时，这位古道热肠的新西兰人劝他留下。他兴冲冲地找来几份最新的报纸，上面登载了几则海上发现一群奇怪的海豚的新闻，标题异常醒目：

> 科学奇闻：海上“狼孩”
> 海豚豢养一个婴孩，频频出现在南太平洋
> ……

浏览了一眼大标题，吴大鹏的眼睛瞪得圆圆的，差点儿从沙发上跳了起来，他的心怦怦直跳。“这是真的？”他忙不迭地问。

麦金斯含笑点点头，他把报纸上的消息念了一遍。消息说，有的目击

者亲眼看见海豚的背上有个婴儿，是用一条很长的红颜色的带子牢牢地缠在海豚的鳍肢上的。报道这条消息的美联社记者指出，这种现象很可能类似在印度发现的狼孩或豹孩，有重大的科学价值，他建议科学家立即组织力量调查。麦金斯接着告诉吴大鹏许多海豚救人的真实事件，他说，在他驯养的许多海洋动物里，没有一种动物的智力赶得上海豚，甚至在某些方面海豚的智力超过人类。

“吴，留下来吧，我帮助你去找，我相信一定会找到的。”麦金斯拍了拍吴大鹏的肩膀，颇有信心地说，“听我的没错，我们马戏团经常到世界各地演出，我们可以到处打听消息。”

事情很快谈妥了，吴大鹏终于改变计划，在环球马戏团当了一名艺术指导。为了报答麦金斯难中相助之恩，他不计报酬，埋头苦干，使出了浑身解数，既要设计布景、灯光、道具、服装，还要为乐队配曲，有时还替演员化妆，指导驯兽师一起研究排练新节目。他用繁忙的工作来排遣心头的苦闷。他的艺术造诣和多年从事电影的经历，收到意外的效果，很快，环球马戏团的节目焕然一新，多年亏损的局面也有所扭转。这样一来，麦金斯对他格外器重了。

这年初秋，环球马戏团在南太平洋的岛国巡回演出。在斐济景色旖旎的首府苏瓦，他们演了二十几场，场场满座。接着，他们包下一条船直赴萨摩亚，预计将要上演一个月。这艘满载珍禽异兽的轮船像个流动的动物园，一路上受到淳朴好客的土著居民的热烈欢迎。几乎每路过一个小岛，哪怕是只有几十户人家的珊瑚岛，他们都不能不停下演出一场。

离开苏瓦港的第五天，按照原定计划早该接近萨摩亚了，可是这时才走了不到一半的路程。夕阳西垂的时分，船停泊在怪石嶙峋的塔法希岛，几百名土著居民载歌载舞，像隆重欢迎贵宾似的排列在岩岸上。据说他们已经等了两天两夜。在岛屿中央一座教堂前的广场上，几堆篝火熊熊燃烧，在迎风摇曳的椰林上空升起袅袅轻烟——当晚的演出就在这儿露天举行。

这些日子，吴大鹏变得郁郁寡欢，整日愁云满面。麦金斯和马戏团的人都理解这个不幸的人的心情。他来到马戏团快五个春秋了，可是女儿的下落愈来愈渺茫，没有谁能够提供一点点确切的消息。那一群海豚也消失得无影无踪，再没有人见到它们在哪里出现。吴大鹏开始绝望了。

上岸不久，乐队开始演奏了。这些日子，每逢这种场合，吴大鹏总是找点借口远远避开。他愿意离得越远越好，找个地方安安静静躲起来。

塔法希岛是个面积不大、景色单调的火山岛，除了尖顶的教堂四周错落分布着百十来间石头房子，到处可见赭色的山岩和密密匝匝的热带丛林。村子附近，沿着山坡开辟了一些农田，种植的多是香蕉、可可之类的热带作物。再过去不远，便是犬牙交错的海湾了。

吴大鹏借着夕阳的余晖朝海边走去，他顺着一条草莽丛生的弯曲小径，走下一道平缓的山坡，不多一会儿，脚下便是软如海绵的沙滩了。

这里静极了，静得可以听见心跳。他走走停停，凝视着晚霞染红的大海和暮色四合的晴空，整个身心仿佛溶化在大自然静谧的氛围之中，脑海也像停止摆动的钟表不再思考。他神思恍惚，一举一动同梦游者没有两样。

骤然间，他在一块很陡的岩石上站住了。他分明听见了哭声，一种极度悲痛而声嘶力竭的哀鸣。他旋即四下张望，搜索声音传来的地方。蓦地，他的目光在岩石底下的沙滩上凝聚了。

在刚刚退潮的沙滩前缘，一头两米多长的海豚露出半截身子，一动不动地躺在没膝深的海水里，像垂危的病人发出痛苦的呻吟。叫他吃惊的是，这只海豚身旁，在海水浸没的沙滩上，还立着一个披头散发的孩子，一个小女孩，海水已经浸没了她的腿部，凄厉的哭声正是她发出来的。起初，吴大鹏以为女孩是岛上哪家的孩子，可能是贪玩迷路，被这只海豚吓得哭了起来。可是他立即否定了自己的判断，待他上前抱起那个浑身发抖的女孩时，才发现女孩赤条条的一丝不挂，腰际却缠着一根褪色的带子，另一端系在那只海豚身上。

吴大鹏这下吃惊不小，他立即问那个女孩她是谁，家在哪里。可是，女孩全然不懂他的话，只知道哇哇大哭，眼里露出极度恐惧的神色。吴大鹏惊愕地看着女孩，又瞅了瞅脚下哼哼唧唧的海豚，就在这时，他的手无意间触到一串沉甸甸的东西，是挂在女孩颈项上的。他连忙凑到眼前仔细瞧了瞧，原来是一串金项链，中间嵌着枚鸡心形的翡翠，在薄暮中闪着异彩……

顿时，吴大鹏激动地把女孩紧紧搂在怀里，接着又伏在那头海豚身上失声痛哭起来。几分钟后，他把找到女儿的消息头一个告诉了麦金斯。

他们一同奔往海边，找到那只救了女孩性命的海豚。麦金斯的心被眼前发生的奇迹大大震动了，这个虔诚的基督教徒相信这一切都是上帝安排的，他把这只海豚视作上帝的天使，称它是女神“维娜斯”。

“一定要救活它，让它永远和我们在一起。”麦金斯蹲在海豚身边，轻轻抚摸着它背上的创伤，对吴大鹏说。

从此，环球马戏团添了一名天才的新演员——维娜斯，吴大鹏也有了天真活泼的女儿，他的生活从此充满了笑容。不过，在最初的两年多时间，维维很不习惯陆地上的生活。她是在海水里泡大的，她像海豚一样喜欢风浪，喜欢温暖的海水和湿润的空气。经过医学专家的检查，维维的肠胃除了有点并不严重的寄生虫，体格非常结实。当然，她开始并不适应环境的急剧改变，她的一举一动还脱不掉海豚的野性。吴大鹏特地给她买了许多新式的漂亮衣裙，刚穿上身她就统统剥下来脱个精光，弄得好心的父亲哭笑不得。她吃不惯熟食，常常偷偷地跑进厨房，抓起生鱼生肉吃得津津有味。对气温也特别敏感，她怕冷怕热，每天总要泡在浴盆里，一待就是几个小时，否则就会闹出病来。但是，随着时间的推移，她身上的野性逐渐消失，那种海豚具有的习性不断被环境所淘汰，她开始一点点地在变。吴大鹏不久发现，这个孩子的智力尤其发达，反应特别敏捷。不到两年，她能说一口流利的英语，汉语的日常用语也粗通了。语言的障碍扫除之后，父女之间感情交流的渠道完全沟通了。从此，他们常常用家乡话谈心，这一点使麦金斯先生大为嫉妒。

光阴荏苒，不知不觉维维长到八岁。一天，吴大鹏心血来潮，携带女儿到马戏团玩耍。在此之前好几年，他有意识地避免维维和海豚维娜斯接触，从来不带她上马戏团，以便去掉她身上的动物习性。这是个休息日，马戏团的兽房里悄无人影，只有那些“演员”在水池里悠闲自在地追逐嬉戏，几只性情暴烈的海兽各自锁在一旁的铁笼里。吴大鹏取出钥匙，打开兽房，刚跨进门槛，维维就猛地挣脱开父亲的手，撒开两只小腿拼命朝水池奔去。吴大鹏还没省悟过来，只见维维跑到池旁，纵身跳入池中……

吴大鹏慌忙跑了过去，这时只见维维飞也似的游到海豚维娜斯身边，像见到久别的亲人一样，一把搂住它的脑袋，激动得又是哭又是笑。那只海豚也显得十分兴奋，它的目光是那样温顺慈爱，一动不动地尽情承受女孩的亲吻，时不时用它的鳍肢轻轻抚摸女孩的手、背和她的脑袋，如同慈母见到离散多年的孩子似的。就在这时，吴大鹏听见维维的嘴里叽叽咕咕说个不休，那只海豚也用同样的声调回答她的询问。看到这幕动人的情景，站在池畔的吴大鹏的眼眶湿润了。

“维维，快回来——”过了一会儿，吴大鹏喊了起来。

女孩闻声转过头来，接着又恋恋不舍地向海豚说了些什么，只不过吴大鹏一句也不明白。他又接连喊了几声，声音比刚才更高，有些严厉。就在这时，他听见海豚叽叽咕咕地说了几句，接着把维维轻轻推到池子边缘。

维维涨红着脸回到父亲身边，她好像做了什么错事，垂着头满腹委屈。

“维维，好孩子，你怎么啦？”吴大鹏捧着她的小脸蛋问道。

“爸爸，我见到海豚妈妈，你不高兴了吗？”

“不，不，”吴大鹏忙着解释道，“我是说，你别跳到池子里，你瞧，全身都湿了……”他有些尴尬，不知说什么才好。

“那……以后还能来看海豚妈妈吗？”维维又问道。

吴大鹏被孩子天真的表情逗乐了，他笑道：“当然可以，你愿意什么时候来都行——”

他的话音未落，维维破涕为笑，高兴得又蹦又跳。“爸爸，你真是我的好爸爸。”她踮起脚尖在父亲的腮帮上吻了一下，接着转身对着池中的海豚又叽叽咕咕说了好半天，看样子她是把这个好消息告诉了她的海豚妈妈。

吴大鹏恍然大悟，他的女儿在和海豚生活期间学会了海豚的语言。在今天的世界上，也许维维是唯一懂得海豚语言的人。不过当时他并没有把这当回事，他是个艺术家，在他的头脑里还缺少科学细胞，这个发现在科学研究上到底有多大价值，他连想也没有想，只是在一次闲聊中，他向麦金斯先生透露了这个秘密。麦金斯是个生意人，他灵机一动，马上想出一个招徕观众的新节目，这就是后来轰动一时的海豚智力表演，由维维和维娜斯合作演出。

吴大鹏心里虽然不大愿意，但是想到麦金斯对自己的恩情，他不好启口拒绝。

五

一辆浅绿色的福特-Ⅲ型轿车，以最快的时速通过繁华的大街，停在五月花饭店大理石台阶前。

车门打开，驾车人像出膛的炮弹弹跳出来，快步奔上台阶，接着风风火火地闯入底层敞亮的迎宾厅，转眼之间，他已经出现在总服务台那个棕色皮肤的职员面前。

这是个个头不高、精力充沛的中年人，头发蓬松的脑袋上有一双讨人喜欢的大眼睛，按年纪他不会小于四十二三岁，但他的衣着打扮却像个翩翩少年。也许是职业的习惯，他对谁都那么彬彬有礼，白皙的面皮上永远堆满谦卑的笑容。

那个受宠若惊的职员一眼认出了来者：“哎呀，麦金斯先生，您怎么会有时间到小店来赏光，参加宴会？会会朋友？还是顺便来玩玩？”他热情地迎上去问道。

来人正是麦金斯，他是有一件十万火急的事情来找吴大鹏的。他知道吴大鹏带着女儿前来看望一个中国人，但是不知道在哪个房间。他费了半天唇舌出了一头汗，那个职员总算明白了他的来意，答应替他找吴大鹏。

此刻，在罗林的房间里，久别重逢的朋友谈兴正浓。吴大鹏说罢自己不平凡的经历之后，罗林的心情像风暴掠过的海洋无法平静下来。作为一个研究海豚大脑结构、探索海豚智力奥秘的科学家，没有谁比他更懂得吴大鹏提供的情况有多么大的价值。在他的眼前，仿佛出现了一幅幅美妙无比的图画：一旦人类掌握了海豚的语言，可以创造出多少意想不到的奇迹啊。那时候，只要给海豚下达指令，它们就会划开碧波，进入潜水员无法抵达的海洋深处，开发海底丰富的矿产，打捞沉没的船只，寻找海下埋藏的古物。还有，它们可以携带仪器直达海底，随时随地报告它们的所见所闻，协助科学家揭开海洋的秘密，为人类征服海洋提供第一手资料。这些，可以说正是罗林，不，应该说是全世界海洋学家梦寐以求的。他被自己的想法激动得眉飞色舞，不停地搓着手踱来踱去。

“罗兄，您在想什么呢？”吴大鹏忍不住问道。

罗林站住了，灼热的目光直视对方：“我的意思，你和维维马上动身回国。我把你谈的这些情况，今天晚上就向大使馆汇报，让他们给你们办理离境手续。”他顿了一下，似乎是为了使吴大鹏理解这样做的必要性，马上又告诉他，维维本人的前途是无法估量的，因为她将提供海豚语言的第一手可靠资料，光是这一点就可以整理厚厚一本海豚语言大辞典。除此之外，在今后几年内，她将要接受严格的科学训练，要把她培养成第一流的研究海豚的专家——因为在这方面，她是世界上绝无仅有的。

“维维是你的女儿，但她首先是祖国的女儿。”罗林半开玩笑地说，“你可不能把她留在这儿演马戏，那可是大材小用啊。”

吴大鹏不住地点头：“当然当然，听你这么一说，我也知道再留在这儿，对孩子本身、对国家都是损失。”他赞同地说，“实际上我也早有这个打算，只不过碍于麦金斯先生的情面，所以一拖再拖。”

罗林听到这儿，又紧问了一句：“说实话，你有没有欠什么债？”

“这倒没有。”吴大鹏摇摇头，笑道，“不过，你也太急了。要走的话，也不是拍拍屁股说走就走的。我跟麦金斯先生是多年的朋友，这件事总得和他商量一下。再说，马戏团里不少事情还得有个交代。另外，要维维离开维娜斯……”说到这儿，他瞥了一眼女儿，幸好她跑到一旁玩耍去了。

罗林听他提到维娜斯，心头一动，他刚想问问那头海豚能否也一同带回国去，就在这时，房门笃笃地响了起来，他刚说了声“请进”，麦金斯先生就急如星火地闯了进来。

“吴，我们的维娜斯……它……它失踪了。”麦金斯哭丧着脸说。

顿时，吴大鹏的脸色唰地煞白，罗林也被这个突如其来的消息惊愕得说不出话来，在一旁玩耍的维维干脆呜呜地哭了。

“别哭了，别哭了。”心烦意乱的吴大鹏朝维维嚷了起来，他问麦金斯，“你说说，到底是怎么回事？”

“这都怨我……”麦金斯坐下来，懊丧地捧着脑袋唉声叹气道。

昨天，环球马戏团结束了为期一个多月的演出，今天安排的日程是搬运动物——这是一件烦琐的活儿，租赁运输车，把一只只动物安然无恙地运到码头，然后再把它们装上远洋轮船。按照预定计划，他们后天将前往另一个城市演出。

“下午四点半，车子全部装好——共是四部卡车，正要准备上路，戴维小姐（她是我的秘书）跑来告诉我，有我的电话。”麦金斯一面解开衬衣领子，一面说，“电话是从我们住的那家旅馆的十七层打来的，说话的是个女人，她不肯透露姓名，她只是告诉我，有一个国家的演出公司的代表要和我洽谈生意，请我立即到她房间面谈。我问她能不能另约一个时间，我说我现在很忙，脱不开身。可是她说这个什么劳什子代表买了六点钟的机票，另找时间来不及了，你们见面用不了多少时间……就这样，我叫戴维小姐通知车队稍等片刻，我先上十七层一趟。”

麦金斯很快上了旅馆的十七层。这幢形同火柴盒的大厦除了接待来来往往的旅客，还有不少房间长年租赁给一些商行、公司、金融机构以及五花八门的代办处。十七层基本上就是这些机构的地盘，每扇房门都挂着花花绿绿的招牌，活像一条浓缩的繁华大街。麦金斯一直走到“大街”尽头，找到了那个女人告诉他的房间。不过，门上的招牌却是“亚东海洋资源开发公司”，他犹豫了一下，轻轻地叩着门，他担心记错了房间号码。

开门的正是那个给他打电话的女人。她约莫三十岁，褐色卷曲的头发，塌鼻子，有一对狡猾的小眼睛，苍白的脸上有种似笑非笑的表情。她见来人是麦金斯，连忙故作多情地迎上前来：“啊，鼎鼎大名的麦金斯先生，欢迎欢迎。”

这时，站在落地大玻璃窗前的一个又矮又胖的男人闻声转过脸来。麦金斯和他打了个照面，不由得倒吸了口气。此人约莫五十岁，满脸疙瘩，眼球暴突，他那剃得精光的下颌有一道长长的伤疤，像烙上火漆似的露出殷红的肌肉，使人感到狰狞可怕。当他看见麦金斯时，脸上的肌肉顿时抽动起来，发出一阵做作的怪笑，张开双臂做出欢迎的姿态，朝麦金斯快步走来。

“我是拉狄克，海洋动力学博士，见到您非常荣幸。”他不由分说地攥住麦金斯的手，使劲摇了摇，用沙哑的嗓子做了自我介绍。

“阁下，您找我有何见教？”麦金斯问。

“来，请坐下，慢慢谈。”拉狄克博士指着房间中央的长沙发说，自己则坐在对面的单人皮椅上。接着，他吩咐索妮去拿点酒来，“亲爱的，把那瓶上等法国香槟拿来，我和麦金斯先生要好好喝两杯……”

麦金斯欠起身子意欲阻止，但拉狄克博士似乎早就看穿了他的心思，慢吞吞地说道：“麦金斯先生，你不要慌嘛，我很早就想去拜访您，但是一来我也很忙，实在抽不出时间，二来您也是个大忙人，一直忙着演出。您不用说了，我知道你们今天要运送那些动物，对不对？没有关系，保证误不了您的事情。”

这时，索妮已经笑吟吟地举着酒瓶和几只高脚玻璃杯，从里面的套间走出，她娇声娇气地附和道：“麦金斯先生，急什么呢？我已经叫汽车先走了。您和拉狄克博士难得见面，何必那么匆忙呢？”

麦金斯没有料到会有这样一着，气恼地站起来抬腿要走，拉狄克博士却伸手把他按在沙发上。“别生气，我的朋友。”他笑嘻嘻地给麦金斯斟了一杯酒，死皮赖脸地说道，“索妮小姐说得对，我们难得见一面，机会难得嘛，来，干一杯。”

麦金斯一辈子没有见过这样脸皮厚、招人讨厌的人，但是转念一想，索性弄个水落石出，看看他们到底想干什么。他横下一条心，端起酒杯说道：“既然这样，我就只好奉陪了。”

“好，好，痛快，痛快，麦金斯先生到底够朋友。”拉狄克博士哈哈大笑，把酒一干而尽，接着又天南地北地乱扯起来。

拉狄克博士自斟自酌一连干了几大杯，脸色渐渐变成酱猪肝似的，两只暴突的眼珠红得怕人。这时，坐在一旁默不作声地用指甲刀修理指甲的索妮突然劈手夺过杯子，说道：“你少喝点，一见到酒你就忘乎所以……”

拉狄克博士瞥了一眼索妮，尴尬地朝麦金斯笑笑，忙说：“对，对，您喝，您喝，我心脏不太好，医生是禁止我喝酒的。”

麦金斯未置可否地“啊、啊”了几声，这时拉狄克博士探过身来，把他的一只毛茸茸的手掌放在麦金斯的手上，突然压低嗓门问道：“阁下，您想发财吗？发一笔大财！”

麦金斯抽回手，不解地问：“发财？到哪里发财？抢银行，还是把哪个阔佬的保险柜撬了？”说罢，他哈哈大笑起来。

“噢，我是跟您谈正经的。”

“您找我就是为了这个？”

“不错，实话告诉您，您现在有一个发财的机会，千载难逢的机会。只要您听我的，我敢保险，明天您不再是闯江湖耍把戏的穷小子。您别这样瞪着眼睛看我，您的家底我都清楚，您现在欠债累累，债主逼得您到处东躲西藏，您都四十好几了，可您还没敢成家，对不对？您穷得叮当响……”拉狄克博士像背诵预先准备好的台词，一口气说了出来。他歇了口气，两眼咄咄逼人地盯着麦金斯。

一时间，麦金斯哑口无言了。他承认，拉狄克这个家伙一语道破了他的秘密，他的经济状况确实差不多到了破产的边缘。这些年他苦心经营的马戏团，外表上轰轰烈烈，名声很大，但是庞大的开销和繁重的税款，使他早就入不敷出，债台高筑了。只不过这些都被他瞒在肚里，对任何人都从未提起，包括吴大鹏在内。这个素不相识的什么拉狄克博士，鬼知道他是从哪儿得到这些消息的呢？

“您的消息倒真灵通，难得您对我这么关心备至。”麦金斯用揶揄的口气说道，“不过，我倒不像您形容的穷得讨不起老婆……”

拉狄克博士见他有些恼火，连忙改用缓和的语调说：“我们说正经的，您到底想不想发财，真的，一点不骗您。”

“笑话，谁和钱都没仇，怎么不想发财？不过，到哪儿去发？难道会从天上掉下来不成？”

“那倒不是，不过这笔财就在您自己手里，只怕您自己脑袋上白长了两只眼睛，守着金库当乞丐。”

“您这话是什么意思？”麦金斯感到对方并不是和他开玩笑，而是话中有话。

拉狄克博士连忙和索妮递了一个眼色。

“麦金斯先生，我看就让我来和您明说了吧。”一直没有开口的索妮挪动了一下身子，嬉皮笑脸地说，“我看也用不着兜圈子了，有人看上了您的马戏团，他们准备出大价钱买下来，您干不干？”

“啊！谁要？”

“这个嘛……您就不用管了，对您来说卖给谁不都一样？如果您还舍不得丢下您的老行当，您还可以再组织一个班子。给您的报酬肯定是大大超过您当初下的本钱，这是一笔划算的买卖。”索妮说罢，凑到麦金斯身边，又补充了一句，“机不可失，时不再来，错过了这个机会可要一辈子后悔哟……”

当麦金斯听出他们可能出的一笔令人咂舌的价码时，他真的动了心。这并不奇怪，作为一个马戏团的老板，在目前经济窘迫的情况下，他无法抗拒这一大笔钱的诱惑。他心里盘算了一下，这笔钱如果到手，他不仅可以偿还全部的债务，而且重新组织一个马戏团还绰绰有余。

“真的？没有弄错吧？”他又问了一句，他还有点不太放心，从以往的经验中，他总感到这个便宜来得太轻巧、太突然了。

这时，拉狄克博士默默地拿出一张打印好的转让产权的协议书，特地放在面前的茶几上。看来，他们早就准备好了。

麦金斯默默看完协议书，一切顾虑顿时打消。条件对他十分有利，简直无法挑剔任何毛病，他白白地赚了一大笔钱：“好吧，就这么办。”

拉狄克博士和索妮会心地笑了起来。协议书一式两份，拉狄克博士迅速签完字，然后递给了麦金斯。

就在麦金斯拿起笔准备签字时，坐在一旁的索妮突然想起什么似的，说道：“等一等，还有个小小的条件……”

“什么条件？”麦金斯抬头问道。

“其实这也算不了什么条件，只不过是为了保留一些你们的好节目，除了所有的动物买下来之外，那个和海豚一起表演的小姑娘也得让给我们。”她说。

“这个……”麦金斯顿时语塞了。过了片刻，他为难地说：“对不起，这件事情我不能做主，你们得亲自找她的父亲商量。”说罢，他把协议书推到一旁。

顿时，谈判陷入僵局。索妮请麦金斯稍候片刻，便和拉狄克博士进入套间。麦金斯听见他们嘀咕了一阵，接着又打电话，但无法探知他们谈话的内容。

就在等候他们的答复时，麦金斯的秘书戴维小姐慌慌张张地推门而入，见麦金斯独自坐在房内，急忙跑过来，一把拽着他朝外就走。

“怎么回事？”麦金斯惊愕地问道。

戴维小姐连忙摆了摆手，示意他不要作声。

麦金斯就这样莫名其妙地被拽出了房间，一直到了电梯，哭丧着脸的戴维小姐气急败坏地告诉他，海豚维娜斯失踪了。

麦金斯的耳朵“嗡”了一声，回到租赁的办公室，戴维小姐一五一十把事情发生的经过告诉他，原来运送动物的卡车压根儿没有开到预定的7号码头，刚才接到我们的人从7号码头打来的电话，说他们从吃过午餐后等到现在，等着装船，可是到现在还没有看见卡车的影子，问这是怎么回事，戴维小姐说：“我一直在这里守电话。刚才西蒙打来电话，他是到3号码头的，他说在3号码头的货场找到了我们的动物，笼子、封闭箱乱七八糟地扔了一地。他清点了一下，唯独不见了海豚。他在电话里提供了一个重要情况，他说他问了问在附近干活的搬运工，他们什么也不知道，因为他们都是刚上班的。不过据一个看守货场的值班员讲，一个多小时前，有4辆卡车开到3号码头，这时有只很华丽的涂着白漆的游艇正好停靠码头，他亲眼看见船上下来三四个人，七手八脚地把许多笼子、箱子从车上卸下来，他们好像是寻找什么。过了好久，他们把其中一辆车开近快艇，快艇放下了起重吊杆，从车上取走了一只很大的封闭箱。据西蒙讲，根据值班员提供的情况，那只封闭箱肯定是装海豚的……”

“游艇呢？”麦金斯气喘着问。

“西蒙讲，早开走了……”

当麦金斯懊悔莫及地说完自己上当的经过时，在场的人全都呆若木鸡。维维只知道暗暗落泪，吴大鹏垂头丧气地坐在那里一言不发。

“看来，什么拉狄克、索妮和那些司机，还有那只没有国籍的快艇，全是一伙，他们调虎离山，把我骗开了，然后趁机下手，把海豚抢走了。”麦金斯咕哝道。

在这当儿，罗林却一直手托着下颌望着窗外沉思。麦金斯刚才提供的情况，使他意识到事情并非想象的那么简单，他想，如果是某个演出公司想吞并环球马戏团，为什么一定要采取这种非法的手段？他们完全可以正大光明地进行谈判嘛。他们不惜代价，不择手段，而且又是如此急不可待，难道不正是恰恰暴露了不可告人的企图？作为一个海洋动物学家，他完全了解环球马戏团的那些动物的价值，在国际动物市场，要买到这些动物并不难，只有一件是举世无双的，那就是海豚维娜斯，而他们恰恰是看中了它，别的全都扔下了……

罗林的脑子突然一亮，忙问道：

“麦金斯先生，您刚才说，他们还提出一个条件，要把维维让给他们，是这样吗？”他转过身来，问道。

“是的，一点儿不错。”麦金斯答道，“就是为了这个，我不同意在协议书上签字。”

“对了，还有一个细节。”罗林用手指弹了弹太阳穴，“您说的那个拉狄克博士是个什么样的人呢？您能讲得详细一点儿吗？”

麦金斯尽其所能描绘了一番。

“有一道伤疤？在这个地方？”罗林很感兴趣地指着自己的下颌，问道。

麦金斯再一次肯定了他对拉狄克博士的印象，并且告诉众人，当戴维小姐把情况向他汇报后，他立即跑到十七层那间房时，那个拉狄克博士和他的助手索妮早已逃之夭夭。据旅馆的侍者讲，“亚东海洋开发公司”租赁的这个套间已经到期，新的主人过几天就要搬来，这两天，他们正在打扫拾掇，所以房门老是开着的。

罗林“啊”了一声，突然失声说道：“完全明白了，是他，这个魔鬼！”

麦金斯和吴大鹏面面相觑，不约而同地问：“谁？”

“说起来他和我还是同行，在几次国际性海洋学术会议上打过交道。他也是研究海豚的，我不否认他对海豚的研究工作是有成绩的，他写的著作和论文有独到的见解。”罗林颇为气愤地讲道，“但是，很遗憾，此人是学术界的败类，我听说他目前受雇于某个军事集团的科研机构，正在用他的研究成果训练一支海豚部队。我在一次学术会议上听过他的发言，那还是三年以前的事。他当时讲，利用海豚高度发达的智力和它的潜水速度以及善于辨别物体的能力，可以训练出一支无敌于天下的军队，它们可以携带核弹头去攻击任何军事目标，摧毁敌方的城市、海港、军事设施和舰船。我当时愤慨至极……后来听说他训练海豚的研究并不顺利，他始终没有揭开海豚语言的奥秘。”

听罗林这样一说，众人无不感到事态严重，吴大鹏搓着双手，忐忑不安地说：“罗兄，可现在情况不同了，拉狄克这个家伙劫走了维娜斯，这只海豚经过训练，已经懂得人类的语言，起码在英语和汉语方面，它是听得懂的。”

在中国海洋学家代表团来K城访问的日子里，拉狄克博士也突然在这里出现，这难道仅仅是偶然的巧合？罗林又想到刚来那天在体育馆看演出的情景。他隐隐约约记得，在他和维娜斯对话时，有人拍了照，不过当时没有在意。现在回想起来，他相信在场的观众中不会没有拉狄克博士。他目睹了自己测验海豚智力的全过程，大为震惊，为了抢在前头，卑鄙地劫走了海豚……

“大鹏，事不宜迟，你和维维必须马上离开这个是非之地，立刻回到祖国去。”他用不容置疑的口吻说。

吴大鹏“嗯”了一声，他完全明白了罗林的意图，他把女儿紧紧地搂着，好像是怕别人夺走似的。

“罗伯伯，您和我们一起走吗？”维维这时停止了抽泣，用期待的目光望着脸色严峻的罗林，天真地问道。在这个不寻常的夜晚，这个聪明的孩子目睹着发生在她周围的一切，仿佛一下子长大成人了，她的思想也骤然成熟。她告别了自己的充满神奇色彩的童年，迈入了人生充满艰险的旅程。她朦胧地意识到，她的使命是如此重大，她要和许多有良心的科学家一道，去准备战胜更大的狂风恶浪……

罗林脸色阴郁，神情异常不安。他望着窗外深邃幽蓝的夜空，那里有一颗颗祖国的天幕上难于见到的星辰，但是此刻在他的眼里，它们却像一个个潜伏着危险的火球，在浩瀚的大洋上迅速移动。它们的数目如此众多，以致到处都是它们称霸的地盘，它们就像不祥的凶兆似的，哪里出现，哪里就是灾难，就是死亡和毁灭，就是痛苦和悲剧……

过了很久，罗林喃喃自语道：“我们将要面临一场严峻的挑战！”

后记

写科学幻想小说最大的乐趣，是当初的科幻构思看起来有点神乎其神、不可思议，然而若干年过去之后，你会惊喜地发现，当初的幻想却变成了现实，那些不着边际、天马行空的幻想已经是生活中实实在在的一部分。这是非常令人高兴的。我们现在阅读儒勒·凡尔纳在100多年前的许多作品，对于这位天才的法国人的奇思妙想也许觉得并不神奇，《海底两万里》中尼摩船长的潜艇、《从地球到月球》中的巨型大炮，这些科学构想比起今天的宇宙飞船、核潜艇似乎算不了什么，可是在当时却被人们视为“痴人说梦”，这大概是没有疑义的。

由此也使人想到，“痴人说梦”并非一定是什么可笑之举。痴人能够说梦，说明他有过梦想，他的脑子里思索过常人不敢想、也不曾想到的种种情景，这里面就包含了科学技术的幻想。也因为有了梦想，才会有企盼，有对未来的憧憬和种种忧思，而人类的历史才会不断地进步。“痴人”的梦想，孕育着科学技术的发明和未知世界的发现，启迪人们的想象力和创造力，这恰恰是最为宝贵的。

收入这本集子里的作品，也是“痴人说梦”的记录，最早的写于数十年前，有的已成为或即将成为现实，有的可能还归于未能实现的梦话，但是随着科学技术的日益进步，大概梦想成真的日子不会为时很久了。

想到这里，是很令人愉快的。

金涛